ISABEL CLIVIA

SCHATTEN SIEGEL

DRACHENMOND VERLAG

Drachenmond Verlag GmbH
Auf der Weide 6
50354 Hürth
http: www.drachenmond.de
E-Mail: info@drachenmond.de

Lektorat: Alexandra Fuchs
Korrektorat: Michaela Retetzki
Satz & Layout: Anika Ackermann & Astrid Behrendt

Umschlagdesign: Giessel Design
Bildmaterial: Shutterstock

Druck: Booksfactory

ISBN 978-3-95991-404-8

Content Notes
On-page: Gewalt, Blut, Tod
Erwähnt: Kidnapping, Alkoholismus

PLAYLIST

Agnes Obel – The Curse

London Grammar – Devil Inside

Hozier – In The Woods Somewhere

MILCK – Monster

Robin Loxley & Oliver Jackson – Be What You Want

Halestorm – I'm Not an Angel

Ruelle – Rival

Tommee Profitt & Sam Tinnesz – Heart Of The Darkness

Theory of a Deadman – Hurricane

Des Rocs – Used to the Darkness

Soap&Skin – Me and the Devil

PROLOG

DER KÖNIGLICHE ZAUBERWEBER

Thierry Poitiers verliert das letzte bisschen Mut, noch bevor er einen Fuß ins Gefängnis von Pontilliard setzt. Genau in dem Moment, als etwas Weißes auf seiner Schulter landet und seine bordeauxfarbene Robe beschmutzt. Er schnaubt verächtlich.

Ein schlechtes Omen.

So ziemlich jeder andere Bewohner von Saintoux würde dieses Missgeschick als einen *Glücksschiss* bezeichnen. Die Exkremente eines Vogels abzubekommen gilt als Geschenk des Himmels. Wenn man jedoch vorhat, eine gefürchtete Mörderin aus ihrer Zelle zu befreien, ist Glück so ziemlich das Letzte, wofür diese Sauerei steht. Es kann nur der Vorbote einer Katastrophe sein.

Über ihm ertönt das schadenfrohe Gurren des gefiederten Übeltäters. Thierry legt seinen Kopf in den Nacken. Auf dem Vorsprung des alten Gemäuers hockt eine Taube und plustert sich auf, als wollte sie sagen: *Dein Tag ist nicht erst seit eben beschissen.*

»Nur ein Feuerball, dann würdest du nicht mehr lachen«, murmelt er.

Er nimmt einen tiefen Atemzug, bevor er den Blick schließlich abwendet. Seine Zeit ist zu kostbar, um sie mit diesem geflügelten Glücksbringer zu verschwenden.

Thierry strafft die Schultern, als könnte er die Demütigung mit einer stolzen Haltung ungeschehen machen, und marschiert zum Gefängniseingang. Der Wind zerrt an seinem dunklen Haar und bläst ihm salzige Meeresluft ins Gesicht. Er kneift die Augen zusammen.

Insel der Wehklagen, so nennen sie diesen Ort. Ein Stück Land mitten im Ozean, direkt vor der Küste der Hafenstadt Pontilliard. Besonders gefährliche Verbrecher werden in diesem Gefängnis weggesperrt, von denen keiner je entkommen wird – es sei denn, man befreit sie. Und ausgerechnet der schlimmsten Insassin muss Thierry jetzt zur Flucht verhelfen.

Die Wachen vor dem Eingang salutieren, als er vor ihnen stehen bleibt.

»Guten Morgen, Monsieur«, grüßt einer der beiden Männer.

Ihre Blicke verweilen länger als nötig auf Thierrys Schulter, doch sie wagen es nicht, ihn darauf anzusprechen. Er nickt und lässt sich nicht anmerken, wie sehr das Ärgernis auf seiner neuen Robe ihn stört.

»Öffnet das Tor«, weist er sie an.

Keiner der beiden stellt seinen Befehl infrage. Vielleicht würden sie es tun, wenn sie wüssten, warum er hier ist.

Nachdem sie die Metalltür beiseitegeschoben haben, verschwindet Thierry ins Innere des Gefängnisses. Bis auf die Fackeln an den dicken Steinwänden, deren Flammen unruhig vor sich hin zucken, entdeckt er keine weitere Lichtquelle. Kälte und Tristesse heißen ihn willkommen. Dieser Ort ist wie geschaffen für große Fehler.

Das werde ich bitter bereuen.

Im Gefängnis herrscht eisiges Schweigen, als hätte man ein Grabtuch darüber ausgebreitet. Keine Schreie, keine Flüche. Nicht einmal ein ersticktes Wimmern dringt aus den Zellen. Vermutlich bleibt nur diese unheimliche und zugleich resignierte Stille, wenn alle Gebete und Verwünschungen bereits gesprochen sind.

Thierry klopft an die Tür, die zum Büro des Aufsehers führt, und tritt ein, ohne eine Antwort abzuwarten.

Armand Duponts Arbeitszimmer ist von allen Räumen in diesem traurigen Loch der schönste, was jedoch nicht bedeutet, dass es sich um ein besonders prächtiges Zimmer handelt. Ein alter Teppich bedeckt den Boden, dessen grässliches Karomuster leider immer noch nicht aus der Mode gekommen ist. Auch die mit Samt überzogenen Stühle vor dem massiven Schreibtisch wirken fehl am Platz, so als hätte man versucht, Flair in einen Aborterker zu bringen. Ein bisschen feiner Stoff und ein paar halbwegs bequeme Möbel machen aus einem modrig riechenden Zimmer mit kahlen Wänden eben keine Wohlfühloase.

Thierrys Blick fällt auf die Kerzen, die den Raum spärlich beleuchten. Es bräuchte nur eine ungeschickte Bewegung, damit der Papierstapel neben ihnen in Flammen aufgeht.

Er hebt die Hand, als wollte er damit Schneeflocken auffangen, und erschafft eine Lichtkugel. Dann lässt er sie in der Luft neben sich schweben, damit sie den Raum erhellt.

»Monsieur Poitiers!«

Dupont erhebt sich von seinem Stuhl. Wäre er größer, würde er mit dieser ausgeprägten Kieferpartie und der Adlernase Respekt ausstrahlen. Stattdessen lässt ihn seine Blässe kränklich erscheinen. Die ist wohl unvermeidbar, wenn man seine Zeit an einem Ort wie diesem verbringt. Er fährt sich über seinen Bart. Den trägt er sicher nur derart lang, weil ihm die Haare auf dem Kopf fehlen.

»Bitte setzt Euch!«, sagt Dupont und deutet auf die Stühle vor dem Tisch. »Möchtet Ihr ein Glas Wein? Ich habe …«

»Nein, vielen Dank.«

»Seid Ihr sicher? Dieser Tropfen ist wirklich …«

»Ich bin in Eile.«

Der Aufseher verstummt und presst die Lippen aufeinander, bis sie an Farbe verlieren. Das Glas Wein hätte *ihm* sicher gutgetan, denn während sein Blick durch den Raum wandert, als halte er Ausschau nach einem Fluchtweg, zeichnen sich deutliche Schweißperlen auf seiner Stirn ab. Niemand mag Überraschungsbesuche. Vor allem nicht, wenn der Zauberweber der Königin sie abstattet. Aus irgendeinem Grund denken die Leute bei seinen Besuchen immer, er wolle sie für irgendetwas bestrafen.

»Was kann ich für Euch tun?«, fragt Dupont endlich, wobei sich seine Worte eher anhören wie: *Was habe ich verbrochen?*

»Ich bin gekommen, um eine Gefangene abzuholen.«

»Ihr wollt jemanden mitnehmen?«

»Das will ich in der Tat«, antwortet Thierry, obwohl es ihm widerstrebt, das auszusprechen.

»Wurde ein Urteil aufgehoben? Darüber hat mich keiner informiert.«

»Nein.«

Eine skeptische Falte erscheint zwischen den Brauen des Aufsehers. »Aus welchem Grund wollt Ihr sie dann mitnehmen?«

»Ich bin auf Geheiß der Königin hier. Sie benötigt die Hilfe einer Gefangenen.«

»Die Königin?«, wiederholt Dupont ehrfürchtig. »Was könnte sie von einer dieser Verbrecherinnen wollen? Sie hat doch Euch.«

Das hat sie, denkt Thierry verdrossen. *Und ich kann nichts für sie tun. Nichts, außer diesen wahnwitzigen Plan vorzuschlagen, der alles noch viel schlimmer machen könnte.*

»Die Befreiung dieser Person ist nicht verhandelbar«, erwidert er, weil er seine Zweifel unmöglich gestehen kann.

»Von wem sprechen wir?« Dupont trommelt mit seinen Fingern auf dem Schreibtisch, als ob er den Namen auf Thierrys Lippen bereits erahnt.

»Alienor Mercier.«

Seine kleinen Augen weiten sich. Für einen Moment sieht er schockiert aus, doch im nächsten starrt er Thierry an, als zweifle er an seinem Verstand. Nur wenige Menschen wagen es, einen der mächtigsten Zauberweber, die das Land je gesehen hat, auf diese Art anzusehen.

»A-Aber Monsieur …«, stammelt er. »Das könnt Ihr nicht ernst meinen! Nicht sie.«

»Waren meine Worte unverständlich? Ich hatte nie den Eindruck, dass ich undeutlich spreche.«

Der Aufseher schüttelt heftig den Kopf. »Ihr habt sie selbst hergebracht. Ihr wisst, was sie ist. Wieso wollt Ihr ausgerechnet *sie* befreien? Sie hätte längst hingerichtet werden müssen!«

Ja, das hätte sie. Viele fordern ihre Exekution. Vor allem Thierrys eigene Leute gieren nach ihrem Leben, aber keiner von ihnen wird es bekommen, dafür hat er gesorgt.

Er zieht ein gerolltes Pergament aus seiner Robe und reicht es Dupont. »Ich habe hier die Anordnung Ihrer Majestät. Dieses Schriftstück erlaubt mir, Mademoiselle Mercier aus ihrer Zelle zu befreien.«

Dupont reißt ihm das Papier aus den Händen, bricht das Wachssiegel und rollt den königlichen Befehl aus. Mit schmalen Augen überfliegt er die Zeilen, bevor er abrupt innehält und seine Finger fester um das Pergament schließt.

»Sie hat den Verstand verloren«, murmelt er.

Allein die Aussprache solcher Worte könnte jemandem einen Aufenthalt an einem Ort wie diesem bescheren. Heute tut Thierry allerdings so, als hätte er sie überhört. Es gibt wichtigere Angelegenheiten.

Dupont schüttelt den Kopf. »Das kann der Rat der Zauberweber unmöglich gutheißen. Nicht nach allem, was sie getan hat.«

Tatsächlich hat der Rat keinen blassen Schimmer von dieser Sache. Hätten sie davon erfahren, säße Thierry jetzt ebenfalls in einer Zelle. Oder zumindest irgendwo, von wo aus er seinen heiklen Plan nicht in die Tat umsetzen könnte.

»Die Anweisung ist klar und deutlich. Ihr haltet das Siegel und die Unterzeichnung in Euren Händen.«

Dupont lässt seinen Arm sinken. »Aber … warum?«

»Wir brauchen sie, um den Schattenfluch zu bekämpfen.«

»Den Schattenfluch? Wie stellt Ihr Euch das vor? Sie ist eine von denen!«

»Genau deshalb brauchen wir sie.«

Sein Gegenüber will weitere Fragen stellen, doch Thierry bringt ihn mit erhobener Hand zum Schweigen. »Genug der Worte. Führt mich auf der Stelle zu ihr.«

Der Aufseher schluckt, setzt sich in Bewegung und kramt aus einer der Schreibtischschubladen einen Bund mit unzähligen Schlüsseln hervor. Dann läuft er um den Tisch und bleibt vor Thierry stehen.

»Ich hoffe, Ihr wisst, was Ihr tut, Monsieur Poitiers.«

»Würdet Ihr versuchen mich aufzuhalten, wenn ich es nicht täte?«

»Ich …« Dupont stockt und richtet seinen Blick zu Boden.

»Dachte ich mir. Deshalb sparen wir uns solche Fragen lieber.«

Mit hochrotem Kopf verlässt Dupont den Raum. Thierry folgt ihm auf den dunklen Korridor, begleitet von seiner magischen Kugel, die diesen tristen Ort in hellblaues Licht taucht. Im Vergleich zu den finsteren, viel zu schmalen Gängen des Gefängnisses war es im Büro des Aufsehers sogar halbwegs gemütlich.

Nie enden wollende Stufen führen zur untersten Ebene des Gebäudes. Die Kälte kriecht unter Thierrys Robe und verursacht eine Gänsehaut. Dupont pfeift ein Lied vor sich hin, zweifelsohne, um sich zu beruhigen. Schließlich bleibt er vor einer schweren Eisentür stehen und sieht Thierry mit ernster Miene an.

»Seid Ihr sicher, dass Ihr …«

»Ja.«

»Und die Königin will nicht …«

»Sie will nicht darüber diskutieren. Ich übrigens auch nicht. Öffnet die Tür.«

Er unterbricht Dupont heute ständig, aber das scheint den Mann nicht zu stören. Noch einmal schluckt der Aufseher hörbar, als stecke ihm etwas im Hals. Mit zittrigen Fingern sucht er nach dem passenden Schlüssel und dreht ihn im Schloss. Schließlich schiebt er quälend langsam den Türriegel beiseite.

»Bitte sehr«, sagt Dupont, was in etwa so klingt wie: *Euch ist nicht mehr zu helfen.*

»Danke.«

Thierry verschwindet ins Innere des Raumes. Sekunden später fällt die Tür ins Schloss und wird von außen verriegelt.

»Eine Sicherheitsmaßnahme!«, ruft Dupont. »Falls Ihr in Stücke gerissen werdet!«

Das wird nicht passieren. Aber Thierry ist nicht hier, um den Aufseher von seinem Plan zu überzeugen, sondern jene Frau, die alle für ein Ungeheuer halten.

Er sieht sich um. Abgesehen von seiner magischen Kugel geht das einzige Licht im Raum von einer magischen Zelle aus. Einer Art Mauer, die türkisfarben leuchtet. Sie ohne den entsprechenden Zauber zu überwinden ist unmöglich.

Er macht einige Schritte nach vorn, bis er direkt vor der Zelle steht. Das Innere ihres Gefängnisses ist spärlich eingerichtet. Ein Teppich bedeckt den schmutzigen Boden, genauso hässlich wie der in Duponts Arbeitszimmer. An der Wand stehen einige Regale, randgefüllt mit dicken Büchern in Ledereinbänden.

Alienor sitzt auf dem Bett und starrt ihn mit einem durchdringenden Blick an. Ihre fliederfarbenen Augen leuchten schwach in der Finsternis. Das lange dunkelbraune Haar, einst glänzend und weich, wirkt nun stumpf und glanzlos. Auch die früher einmal sonnengebräunte Haut hat sich in der Zeit hier unten in fahle Blässe verwandelt. Dennoch besitzt sie eine beunruhigende Schönheit, der man sich kaum entziehen kann.

Thierry beißt sich auf die Unterlippe.

Reiß dich zusammen, ermahnt er sich. *Sie ist jetzt eine andere.*

Als sie aufsteht und mit anmutigen Schritten auf ihn zukommt, erinnert er sich an ihre Fähigkeiten als Tänzerin, die er so oft bewundert hat. Sie bewegt sich genau wie damals, schwebt beinahe lautlos über den Boden.

»Alienor.«

»Sieh mal einer an«, antwortet sie mit melodischer Stimme. »Das ist aber eine Überraschung.«

KAPITEL 1

DIE QUELLE DER FINSTERNIS

Ich beobachte ihn, ohne mit der Wimper zu zucken. Kalte Wut breitet sich von meiner Magengrube bis in meine Fingerspitzen aus. Die dunkle Macht in mir windet sich wie eine Schlange, die ihre giftigen Zähne in den Mann vor mir graben will. Am liebsten würde ich mir ein Buch aus dem Regal schnappen und es ihm an den Kopf schleudern, aber es würde nur gegen die beschissene Zauberwand prallen.

»Ich hoffe, du hast eine Flasche Wein mitgebracht«, sage ich stattdessen. »Nüchtern wäre ein Gespräch mit dir nämlich schwer zu ertragen.«

Mehr als ein Jahr hat er mich in diesem Loch verrotten lassen, und jetzt taucht er auf, als wäre nichts gewesen. Zu meinem Leidwesen sieht er noch genauso blendend aus wie bei unserer letzten Begegnung, die so verhängnisvoll für mich geendet hat. Wäre nicht wenigstens ein feuerroter Ausschlag drin gewesen? Er müsste nicht einmal sichtbar sein, es würde mir schon reichen, wenn er ganz schrecklich juckt.

Sein unnatürlich schönes Gesicht weckt schmerzhafte Erinnerungen. In seinem dunklen Haar, das ihm bis in den Nacken reicht, schimmern silberfarbene Strähnen, direkt über den Ohren. Sie passen zu seinen hellgrauen Augen und verleihen ihm eine Weisheit, die er nicht zufällig zur Schau stellt. Zauberweber altern nicht wie gewöhnliche Menschen. Die Magie in ihrem Blut konserviert ihren Körper, sodass sie deutlich jünger aussehen, als sie sind. Doch das reicht ihnen nicht, deshalb verändern sie auch nach Belieben ihr Aussehen und machen sich schöner. In Sachen Eitelkeit kann ihnen eben keiner das Wasser reichen. Genauso wenig wie in Sachen Macht. Für die normalen Leute sind sie Götter. Kein Wunder, dass sie sich da selbst für welche halten.

»Ich bin nicht hier, um auf alte Zeiten anzustoßen«, sagt er.

»Wirklich? Wie schade.«

»Ja, das bedauere ich zutiefst.«

Sieh an, den Zynismus haben wir beide nicht verloren. Er hat allerdings keinen Grund, so zynisch zu sein, schließlich sitze ich in diesem Loch, während er sein göttliches Leben genießt.

»Wen hat es diesmal erwischt?«, frage ich ungeduldig. »Muss eine ziemlich wichtige Person sein, wenn der königliche Zauberweber persönlich bei mir auftaucht.«

Er ist nicht mehr hergekommen, seit er mich in dieses magische Gefängnis gesteckt hat. Seine Leute dagegen haben mich häufig besucht, immer mit einer Person im Schlepptau, von der sie geglaubt haben, sie sei schattenverseucht. Sie kommen mit diesen Leuten her, weil ich spüre, ob jemand die schwarze Magie des Fluchs in sich trägt. Allein beim Gedanken an das eisige Prickeln unter der Haut, das ich in der Gegenwart solcher Personen verspüre, läuft es mir kalt den Rücken hinunter.

»Deshalb bin ich nicht hier«, antwortet Thierry.

»Was ist es dann? Möchtest du vielleicht ein paar Beleidigungen loswerden? Nur zu, ich höre. Weglaufen geht ja schlecht.«

»Nein, keine Beleidigungen.«

Ich lege meinen Kopf schief. »Also schön, du hast mein Interesse geweckt. Was könnte der berühmte Monsieur Poitiers ausgerechnet von *mir* wollen?«

Er verschränkt die Arme vor der Brust, seine typische Reaktion, wenn er mit sich hadert. Auf seiner eleganten Robe prangt ein weißer Fleck, bei dem es sich zweifellos um Vogelkot handelt. Obwohl es kein juckender Ausschlag ist, muss ich grinsen.

»Ich brauche deine Hilfe, um den Schattenfluch zu besiegen.«

»Was?«

»Du hast mich schon verstanden.«

»Ich habe dich *gehört*, nicht verstanden«, korrigiere ich.

Thierry selbst war es, der mir das meiste über den Schattenfluch erzählt hat. Der legendäre Gauthier – ein Zauberweber, was sonst? – hat ihn vor fast einhundert Jahren erschaffen. Warum weiß niemand, doch seitdem sucht er das Land alle zehn Jahre heim und lockt das Böse aus den finsteren Ecken des Landes hervor. Die Verfluchten, die in dunklen Wäldern oder Höhlen leben und normalerweise nur bei Nacht herauskommen. Aber wenn der Schattenfluch aktiv um sich greift, ändert sich das. Die Zahl der Menschen, die durch die finstere Magie zu Verfluchten werden, wächst stark an. Das Böse liegt in der Luft, setzt sich zuerst im Körper von empfänglichen Personen fest und bringt das Schlechte in ihnen zum Vorschein. Wie Schatten, die von ihnen Besitz ergreifen. Wut, Trauer, Schmerz – solche Emotionen ziehen die dunkle Magie geradezu magnetisch an. Diese Gefühle nähren sie, bis sie sich nicht mehr gegen die Finsternis des Fluchs wehren können und zu *Verfluchten* werden. Wenn sie zu solchen Wesen werden, durchstreifen sie das Land, um sich auf alles zu stürzen, was sie in die Finger bekommen. Sie sind wie wilde Tiere, die jeden attackieren, der sich ihrem Territorium nähert. Für solche Leute gibt es kein Zurück mehr. Genauso wenig wie für mich.

»Bisher seid ihr gut ohne meine Hilfe zurechtgekommen, also habe ich keinen blassen Schimmer, warum du plötzlich denkst, ich könnte etwas ausrichten.«

»Wir konnten den Schattenfluch nie besiegen«, antwortet Thierry. »Nur zurückdrängen. Mit einem Zauber, der ein Opfer verlangt. Das Leben eines Mitglieds der Königsfamilie gegen die Freiheit unseres Landes. Aus irgendeinem Grund ist Gauthiers Fluch an königliches Blut gebunden.«

Das Blut der Königsfamilie …

Endlich verstehe ich, wie die Zauberweber den Fluch jedes Mal brechen konnten. Im Austausch für zehn Jahre Ruhe haben sie ein Leben geopfert. Nicht nur irgendeins, sondern ein königliches. Kein Wunder, dass sie zuletzt alles dafür getan haben, damit sie ein solches

Opfer nicht mehr bringen müssen. Um einen einzigen Monarchen zu retten, würden sie Tausende wie mich leiden lassen.

»Wo ist das Problem?«, frage ich. »Habt ihr plötzlich ein Gewissen bekommen?«

»Das Problem ist, dass die amtierende Königin die letzte ihrer Linie ist. Stirbt sie, können wir dem Fluch beim nächsten Mal nichts entgegensetzen.«

Ich zucke mit den Achseln. »Dann solltet ihr euch in den kommenden zehn Jahren wohl mehr Mühe geben.«

Was draußen geschieht, lässt mich nicht kalt, aber seitdem Thierry mich gebannt hat, sind meine Gefühle gedämpft. Nur die starken Emotionen dringen an die Oberfläche und wecken die dunkle Magie in meinem Blut. Ganz besonders in *seiner* Gegenwart brodelt sie wie kochendes Wasser. Kein Wunder, immerhin habe ich ihm das trostlose Dasein in meinem magischen Gefängnis zu verdanken. Er hat mich hierhergebracht. Ein Zauberweber, so wie diejenigen, die mich entführt und zu dem gemacht haben, was ich heute bin.

»Wir haben bereits einen vielversprechenden Lösungsansatz gefunden«, sagt Thierry und wirft mir einen bedeutungsvollen Blick zu. »Du bist vermutlich die Einzige, die den Spuk dauerhaft beenden kann.«

»Ach, ist das so? Warum?«

»Weil du Gauthiers Macht in dir trägst.«

»Es gibt andere, das weißt du genauso gut wie ich.«

»Du bist die Einzige bei Verstand.«

»Und die Einzige, die man kontrollieren kann«, füge ich bitter hinzu, obwohl ich das nur vermute.

Meine Kräfte zu bändigen hat Thierry etwas gekostet. Um die Magie in mir zu unterdrücken, musste er mich mit einem mächtigen Bannzauber belegen. Davon zeugt ein schwarzes Mal auf meinem Handrücken. Es gleicht einer Rosenblüte, deren Blätter bis zu meinen Fingern reichen. Ein hübsches Andenken an ein ausgesprochen hässliches Erlebnis.

»Du magst die Macht in mir gebannt haben, aber ich spüre sie trotzdem in jeder Faser meines Körpers«, sage ich. »Ich habe bemerkt, dass es draußen schlimmer geworden ist. Der Fluch breitet sich aus, nicht wahr?«

Deshalb taucht Thierry hier auf. Weil ihm die Zeit davonläuft. Welch eine Ironie, dass ausgerechnet ich der letzte Fels bin, an den er sich klammert, um nicht ins tosende Meer zu stürzen. Wäre das alles nicht so furchtbar schmerzhaft, würde ich darüber lachen.

»Er ist vor Kurzem ausgebrochen«, antwortet er. »Und er wird täglich stärker.«

Ich werfe ihm ein schiefes Lächeln zu. »Lass mich raten: Du willst, dass ich die Heldin spiele, und hoffst, dass ich mich dabei nicht in den Bösewicht verwandele, für den du mich hältst? Von was zeugt das wohl mehr? Mut? Verzweiflung? Vielleicht auch beides, die Entscheidung fällt mir wirklich schwer.«

Seinem gequälten Gesichtsausdruck nach zu urteilen, behagt ihm das Ganze kein bisschen. »Hätte ich eine Wahl, wäre ich nicht hier.«

Diese Worte versetzen mir einen unerwarteten Stich. Wie naiv, so zu empfinden. Nach allem, was er getan hat, sollte seine Antwort mir nicht mehr wehtun.

»Sag mir, wieso ich die Einzige sein soll, die den Fluch brechen kann«, verlange ich.

Er presst die Lippen aufeinander. Seine abwehrende Haltung verrät, wie ungern er sich in meiner Nähe aufhält. Etwas an mir stößt ihn ab, so wie es alle abstößt. Dieser verdammte Heuchler. Seine Leute haben mich zu dem gemacht, was ich bin, und jetzt fürchten sie sich vor ihrem eigenen Werk. Wie allmächtige Künstler, die Angst vor ihrem lebendig gewordenen Gemälde haben.

»Immer wenn der Fluch ausbricht, gibt es einen Ort, an dem er seinen Ursprung findet. Die *Quelle der Finsternis.*«

»Ich weiß.«

An einem solchen Ort stirbt das Leben aus, und seine Bewohner fliehen vor der schwarzen Magie. Selbst nachdem der Fluch gebrochen wurde, bleibt ein unheimlicher Rest seiner Macht zurück. Eine dunkle Narbe, die niemals verblasst. Genau wie der Fluch, der nie wirklich gebrochen wurde.

»Es ist der Ort, an dem Gauthier wiedergeboren wird«, erklärt Thierry. »Bevor das geschieht, erwählt er eine Person, die zu einer Art Wächter für die Quelle wird. Soviel wir wissen, kann Gauthier nicht vernichtet werden, solange dieser Wächter lebt. Allerdings kann keiner von uns zum Herz der Quelle vordringen, um herauszufinden, ob das stimmt. Die dunklen Mächte dort sind zu stark. Sie verseuchen jeden, der dem Wächter entgegenzutreten versucht, egal ob Zauberweber oder Krieger. Wir glauben jedoch, es könnte jemandem gelingen, der bereits von der schwarzen Magie verdorben ist.«

»Ihr *glaubt*?«, hake ich nach. »Das klingt wenig überzeugend.«

»Es hat noch niemand versucht. Weil du die Einzige bist, die das kann.«

Ich lache kalt. »Wie sehr dir das widerstreben muss.«

Er hält meinem Blick stand, ohne zu blinzeln. »Ja, ich kann mir durchaus schönere Dinge vorstellen, als dich zu befreien und ins Ungewisse spazieren zu lassen.«

»Weil du dein Leben an meines gebunden hast?«, frage ich provokant.

Der dämliche Ausdruck, der jetzt in seinem Gesicht erscheint, verschafft mir Genugtuung. Als er mich hierhergebracht hat, dachte er wohl, ich sei bewusstlos. Aber das war ich nicht. Ich erinnere mich bestens an die entsetzte Stimme einer anderen Zauberweberin, die ihm währenddessen immer wieder dieselben Fragen gestellt hat.

Warum hast du sie nicht getötet? Oder es jemand anderen tun lassen? Warum ausgerechnet du?

Mit jedem Wort ist ihre Tonlage höher geworden. Thierrys Antwort habe ich bis heute nicht vergessen, auch wenn ich sie noch immer nicht verstehe.

Manche Bürden muss man selbst tragen.

»Woher weißt du davon?«, will er wissen.

»Man hat mir etwas geschenkt, was gemeinhin als Ohren bekannt ist. Faszinierende Dinger. Damit kann man hören, was andere Leute sagen.«

Sein Kiefer zuckt, doch mehr Kontrollverlust gestattet er sich wohl nicht. »Das hättest du nie erfahren sollen.«

»Dann hättest du diese Sache nicht in meiner Anwesenheit besprechen dürfen.«

»Du warst bewusstlos.«

»Handlungsunfähig.«

Nur wegen dieser Verbindung hatte man mich nicht hingerichtet, denn mein Tod hätte gleichzeitig den des königlichen Zauberwebers bedeutet. Selbst in diesem Drecksloch duldet man mich bloß seinetwegen. Bis heute ist es mir ein Rätsel, was er davon hat. Will er mich auf ewig für etwas bestrafen, was ich nicht getan habe?

Thierry seufzt. »Nichts davon spielt mehr eine Rolle. Egal wie gern ich dich hier unten eingesperrt wüsste, es geht nicht länger um meine Befindlichkeiten. Ich brauche deine Hilfe.«

Was für ein nobles Opfer er doch bringt. Vielleicht genügt es ihm nicht länger, einer der wenigen Zauberweber zu sein, die außerhalb einer festen Gemeinschaft leben, frei von deren verstaubten Regeln. Vielleicht will er ein Held sein. Privilegierten reicht selten das, was sie bereits ihr Eigen nennen. Sie wollen immer mehr.

»Das ist schön und gut«, sage ich. »Nur warum sollte ich mich darauf einlassen? Deine Königin bedeutet mir nichts. Aus welchem Grund sollte ich mein gemütliches Leben in diesem Kerker riskieren? Um den Menschen zu helfen, die mich am liebsten tot sähen? Das erscheint mir kaum lohnenswert.«

Mit seinen Fingern krallt er sich in seine Oberarme, als müsste er sich Mühe geben, die Beherrschung zu wahren. Was hat er denn erwartet? Dass ich mich bereitwillig in den möglichen Tod stürze?

»Ich kann dir die Freiheit schenken.«

Mir entfährt ein bitteres Lachen. Ein anderer Zauberweber hatte mir vor einiger Zeit dasselbe zugesichert, sein Versprechen jedoch nie gehalten. Das größte Talent dieser Leute besteht nicht in ihrer Magie, sondern in der Fähigkeit, sich perfide Täuschungen auszudenken. Lügenweber wäre ein treffenderer Name für sie.

»Freiheit?«, wiederhole ich zynisch. »Zu deinen Konditionen vielleicht. Ich kann nie frei sein, das weißt du. Und was ist Freiheit schon wert, wenn man sie wie ein Tier an einer magischen Leine verbringt?«

Zur Bekräftigung meiner Worte hebe ich die Hand und zeige ihm das Bannzeichen darauf. Thierry starrt es einige Sekunden an, dann wendet er sich ab und richtet seinen Blick zu Boden, als wäre ihm der Beweis seiner Taten peinlich. Seltsam, wo er doch so schrecklich stolz ist.

»Ich kann dir noch etwas anderes geben.«

»So? Da bin ich aber gespannt.«

»Informationen.«

Ich stöhne. »Was soll ich denn hier unten mit Informationen anfangen? Sie an die Ratten verfüttern?«

Tatsächlich hocken die kleinen Nager meist vor der magischen Wand meiner Zelle, und ich bin mir ziemlich sicher, dass sogar sie sich vor mir fürchten.

»Ich habe Informationen über deine Schwester Sophie.«

Ein Frösteln erfasst meinen Körper, kälter als alles, was ich bisher gespürt habe.

Das war einer zu viel, Thierry.

Ich drücke die Fingernägel in meine Handflächen. »Hat dir niemand beigebracht, dass es eine schlechte Idee ist, denjenigen zu verärgern, dessen Hilfe man benötigt?«

»Das sage ich nicht, um dich wütend zu machen.«

»Lügner.«

Allein den Namen aus seinem Mund zu hören, bricht mir das Herz. Ich habe so oft an meine Schwester gedacht. Doch nichts, was Thierry sagen könnte, ändert etwas an der Tatsache, dass sie tot ist.

KAPITEL 2

WAHRHEIT

Vor sechs Jahren ist Sophie nach Beaucourt gegangen, um dort am Theater zu tanzen. Ich war damals neunzehn, habe ihr nachgeeifert und dasselbe Ziel verfolgt. Aber sie war mir immer zehn Schritte voraus. *Du hast keine Disziplin*, hat sie mich getadelt, wenn ich mich darüber beschwert habe, nie so gut zu sein wie sie. *Du verbringst deine Zeit lieber damit, den Jungs schöne Augen zu machen, statt zu üben.*

Damit hatte sie recht. Aus irgendeinem Grund habe ich erwartet, ein Naturtalent zu sein, dabei ist Ballett mit einer Menge Arbeit verbunden. Erst als Sophie unser Dorf verlassen hat, habe ich härter trainiert. Und dann ist sie gestorben. Ein unglücklicher Sturz bei einer Aufführung. Nach diesem Schock habe ich Tag und Nacht geübt. Ich wollte sie stolz machen, wollte den Traum vom Tanzen für sie weiterleben. Doch die Zauberweber hatten andere Pläne mit mir.

»Schämst du dich eigentlich für gar nichts?«, frage ich zornig. »Du und deinesgleichen könnt nichts als Lügen erzählen! Habt ihr mir nicht schon genug angetan?«

Es waren Zauberweber, die vor drei Jahren meine Kutsche auf dem Weg zur Hauptstadt angehalten haben. Sie haben alle Insassen aus dem Wagen gescheucht und durch eine magische Passage gezerrt, um uns danach in einem alten Kloster einzusperren.

Ausgerechnet der Zauberweber, der mich später in ein weiteres Gefängnis gesperrt hat, wagt es jetzt, Sophies Namen in den Mund zu nehmen.

»Deine Schwester lebt«, beteuert Thierry.
»Das ist unmöglich.«
»Ich sage die Wahrheit, Alienor.«
Ich will mir die Hände auf meine Ohren pressen, damit ich seine Stimme nicht mehr hören muss. Wenn er meinen Namen ausspricht, klingt sie so weich und einfühlsam, als gäbe es da nicht all den Hass zwischen uns, sondern etwas anderes, was nicht sein darf. Etwas, was wir lange verloren haben und das ich immer noch vermisse, ganz egal, wie sehr ich mich dafür schäme.
»Man hat uns einen Brief geschickt, in dem stand, sie sei tot«, erwidere ich. »Seitdem haben wir nie wieder etwas von ihr gehört.«
Thierry sieht mich mitleidig an. »Vor einer Weile habe ich in der Hauptstadt von einer Tänzerin gehört, die schwer gestürzt sein soll – Sophie Mercier. Ich war nicht sicher, ob sie deine Schwester ist, also habe ich es überprüfen lassen.« Er macht eine Pause. »Laut meinen Informationen ist sie wirklich gestürzt, aber seit diesem Vorfall kann sie nicht mehr professionell tanzen. Auch wenn ich die genauen Hintergründe nicht kenne, weiß ich eines mit Sicherheit: Sie lebt.«
Mir wird schlecht. Wie kann das sein? Diese furchtbare Neuigkeit stand schwarz auf weiß in dem Brief, unterzeichnet von der Leiterin des Ballettensembles, bei dem Sophie angestellt war. So etwas denkt sich doch niemand aus. Selbst wenn, hätte meine Schwester es früher oder später richtiggestellt.
»Warum ist sie nicht zu uns zurückgekommen? Wieso hat sie sich nie gemeldet?«, murmele ich mit brüchiger Stimme. »Wir sind doch eine Familie.«
»Ihre Motive kenne ich nicht«, gesteht Thierry.
Ich hasse es, wie einfühlsam er dabei klingt. Und ich wette, er hasst es ebenso.
So gut es geht, versuche ich das Brennen in meinen Augen zu unterdrücken. Ausgerechnet vor ihm zu weinen ist das Letzte, was ich will.
All die Jahre habe ich geglaubt, Sophie sei tot. Warum hat meine Schwester mich in diesem Glauben gelassen, wenn das angeblich gar nicht stimmt? Ist ihr denn nicht klar gewesen, was das mit Vater und mir gemacht hat? Was hat sie sich dabei gedacht?

»Wo ist sie?«, will ich wissen. »Ich muss zu ihr.«

»Sobald du deinen Teil der Abmachung erfüllt hast.«

»Das ist Erpressung.«

»Du wolltest einen Anreiz. Den habe ich dir gegeben.«

Ich balle die Fäuste und spüre, wie die finstere Magie in mir erwacht. Obwohl das Siegel sie unterdrückt und gefangen hält, so wie dieser Käfig mich einsperrt, ist sie noch immer greifbar. Ein winziger Teil von ihr verstummt niemals.

»Und was, wenn ich es nicht kann? Wenn ich beim Versuch draufgehe, den Fluch zu brechen?? Dann war alles bedeutungslos.«

Empörung huscht über Thierrys feine Gesichtszüge. »Einen Fluch zu brechen, der seit einem Jahrhundert das Land heimsucht, ist wohl kaum bedeutungslos.«

»Für mich schon. Weil ich dann tot bin und meine Schwester ohne Unterstützung dasteht.«

Sollte es dazu kommen, würde ich auch nie die Wahrheit herausfinden. Momentan weiß ich nicht, was ich noch glauben soll. Das Tanzen war Sophies großer Traum, ihr Leben und ihr Lebensunterhalt. Sie wollte immer die beste Tänzerin von ganz Beaucourt sein, wollte schillernde Kostüme tragen, in illustren Kreisen verkehren und überall hohes Ansehen genießen. Hatte sie nach ihrem mutmaßlichen Unfall eine Alternative? Was, wenn sie Unterstützung braucht?

Thierry streicht sich eine Haarsträhne hinter sein Ohr. »Die Königin wird für das Wohl deiner Schwester sorgen.«

»Die Königin?« Den Zweifel in meiner Stimme kann ich nicht verbergen. »Gibt es vielleicht noch eine dreistere Lüge, die du mir auftischen kannst, damit ich dir helfe?«

»Vielleicht überzeugt dich ja das hier.« Thierry hebt seine Hand und lässt sie in rotem Licht erstrahlen. »Deine Schwester lebt. Man hat mir gesagt, wo sie ist und wie sie aussieht. Sie hat braunes Haar, ihre Augen sind himmelblau, genau wie …« Er räuspert sich. *Wie deine*, wollte er wohl sagen. »Falls dir etwas zustößt, wird Königin Victoire dafür sorgen, dass es Sophie an nichts fehlt.«

Das rote Licht um seine Hand färbt sich grün. Ein Wahrheitszauber. Die habe ich schon viele Male bei den anderen Zauberwebern gesehen.

Nur eine einzige Lüge würde dafür sorgen, dass das Licht rot bleibt. Es stimmt also. Trotzdem reicht mir das nicht, denn mein Vertrauen in seine Worte hat Thierry mit seinem Verrat eigenhändig zerstört.

»Ich will das Wort der Königin«, verlange ich.

»Bitte?«

»Sie soll mir persönlich versprechen, dass sie sich um Sophie kümmern wird.«

Meine Forderung entrüstet ihn sichtlich, aber seine Not ist nicht von der Hand zu weisen. Könnte er die Angelegenheit ohne meine Hilfe lösen, wäre er wohl kaum hier.

»Einverstanden«, antwortet er widerwillig.

Trotz meines kleinen Sieges verspüre ich keine Euphorie. Allein der Gedanke daran, mit Thierry zusammenzuarbeiten, versetzt mein von schwarzer Magie getränktes Blut in Wallung. Diese Allianz wird alte Wunden aufreißen, die noch nicht verheilt sind. Doch der Anreiz, Sophie zu finden, ist stärker als mein Zorn und der verletzte Stolz. Ich muss sie finden. Vater wird es besser gehen, sobald er sie wiedersieht, davon bin ich fest überzeugt. Was mit mir passiert, spielt dann keine Rolle mehr. Für mich gibt es kein Zurück. Für meine Familie dagegen schon.

»Die Sache gefällt mir genauso wenig wie dir«, sagt Thierry und lässt die Hand sinken, woraufhin das grüne Licht verschwindet. »Immerhin hast du eine Zauberweber-Gemeinschaft vollständig ausgelöscht.«

»Behauptest du. An diesen Tag habe ich keinerlei Erinnerung, das habe ich dir gesagt.«

Er kommt einen Schritt näher. »Warum sollte es nur den leisesten Zweifel daran geben? Alle waren tot und du auf der Flucht. Ich habe …«

»Was hättest du an meiner Stelle getan? Gewartet, bis jemand kommt und dich verurteilt? Niemand hätte mir geglaubt!«

Dieser verhängnisvolle Tag ist ein dunkler Fleck in meiner Erinnerung. Als ich zu mir gekommen bin, waren sämtliche Personen im Kloster schon tot. Ich bin panisch geflüchtet, aus Angst, dafür hingerichtet zu werden, obwohl ich nicht einmal wusste, was passiert war. Mehr als ein Jahr habe ich mich an einsamen Orten abseits der Städte versteckt und mich durchgeschlagen, während die Zauberweber Jagd auf mich gemacht haben. Ich bin ihnen stets entkommen. Bis man Thierry Poitiers geschickt hat. Die eine Person, vor der ich nicht weggelaufen bin.

»Flucht überzeugt niemanden von deiner Unschuld«, wirft er mir vor.

Natürlich glaubt er mir nicht, schließlich ist er ein Zauberweber. Doch obwohl ich das weiß, tut es weh zu sehen, wie sehr er von meiner Schuld überzeugt ist.

»Nehmen wir mal an, ich hätte deine Leute tatsächlich getötet. Würde dich das wundern? Ihr habt mich gegen meinen Willen zu dem gemacht, was ich bin! Man hat mich einfach in dieses Kloster geschleppt!«

Thierry schüttelt den Kopf. »In den Gemeinschaften haben meine Kollegen ausschließlich mit Freiwilligen gearbeitet. Das war unumstößlich. Jeder musste sich daran halten.«

»Wenn du glaubst, jede Gemeinschaft hätte das beherzigt, denkst du wahrscheinlich auch, wir Versuchspersonen haben uns dort an den Händen gehalten und haben jeden Abend fröhlich um ein Lagerfeuer getanzt!«

Wieder reagiert er mit einem Kopfschütteln. Wie ich ihn dafür hasse. Doch egal wie vehement er alles leugnet, es ändert nichts an der Wahrheit. Er sollte wissen, dass ich mich nie freiwillig zu so etwas bereit erklärt hätte.

»Wir sollten das später diskutieren«, meint er, ganz der Pragmatiker, den ich kenne. »Jetzt müssen wir schleunigst etwas gegen den Fluch unternehmen. Dafür zahle ich jeden Preis.«

»Warum?«, frage ich ehrlich interessiert. »Ich mache das für meine Schwester. Was ist dein Grund? Deine Zauberweberehre? Königstreue?«

»Ich habe jemandem ein Versprechen gegeben, das ich zu halten gedenke.«

Mir entfährt ein eisiges Lachen. »Tu nicht so, als ob du unter deiner feinen Robe nur einen Funken Anstand versteckst.«

»Du wärest überrascht«, erwidert er.

Ich schürze die Lippen. »Ihr Zauberweber seid ein Haufen Größenwahnsinniger, die alles und jeden für ihre Zwecke opfern würden.«

»Und was ist mit dir?«

Bei dieser Frage zucke ich zusammen. Ja, was *ist* mit mir? Was bin ich in dieser Welt? Das Ungeheuer, das die Menschen in mir sehen, obwohl niemand mich wirklich kennt? Vielleicht wäre es leichter, das zu sein.

Mehr als ein Schulterzucken bringe ich nicht zustande. »Ich bin, was auch immer du in mir siehst, schätze ich. Dich interessiert ohnehin nur deine Wahrheit. Glaub an sie, wenn es dich glücklich macht.«

Er sieht mich an wie einen Feind, der früher einmal ein Freund gewesen ist. Wir waren so viel mehr als das, und ich weiß nicht, wer uns das genommen hat. Die anderen Zauberweber? Ich? Oder er ganz allein?

»Solltest du versuchen, mich in einem unachtsamen Moment loszuwerden, lass dir gesagt sein, dass du keinen Erfolg haben wirst«, sagt er düster.

»Das traust du mir zu?«

»Dir traue ich alles zu.«

»Und warum glaubst du dann, du könntest mich aufhalten, wenn ich es auf dein Leben abgesehen hätte?«

»Weil mein Bannzauber in beide Richtungen funktioniert. So wie ich sterbe, wenn du es tust, würdest auch du sterben, wenn ich es tue.«

Meine Miene gefriert.

Dieser Mistkerl. Ich hätte damit rechnen müssen, dass einer wie er Vorkehrungen trifft, um sein Leben zu retten. Sogar die selbst ernannten Götter fürchten den Tod.

»Du hast sie doch nicht mehr alle!«, schimpfe ich. »Wie kann es sein, dass ich im Gefängnis sitze, während Leute wie du unbehelligt rumlaufen dürfen?«

»Du hast Menschenleben auf dem Gewissen!«

»Das kannst du nicht beweisen! Aber ich weiß, was *deine* Leute getan haben! Trotzdem stehst du hier und denkst, ihr wäret irgendwie besser. Wenn ich es verdiene, in dieser Zelle zu sitzen, gebührt deinen Zauberweberfreunden die nebenan!«

Er öffnet den Mund, um zu protestieren, doch letztendlich kommt ihm nur ein Seufzer über die Lippen. »Darüber zu diskutieren ist müßig. Ich brauche dich, um den Fluch zu brechen, und nichts anderes zählt.«

Ich brauche dich.

Diese Worte hätten mir vor einiger Zeit die Welt bedeutet, aber in diesem Moment klingen sie hohl und kalt.

Thierry hebt beide Arme, woraufhin seine Robe bis zu den Ellenbogen herunterrutscht. Er schließt die Augen, ballt die Hände zu Fäusten und konzentriert sich. Wenig später zerspringt die transparente Wand, schwebt in glitzernden Flocken durch die Luft und rieselt schließlich wie Schnee zu Boden.

»Gehen wir«, fordert er mich auf. »Wir haben eine Audienz bei der Königin.«

»Du bringst mich ins Schloss?«

Er nickt. »Das war deine Bedingung, oder? Du wolltest das Wort der Königin, also sollst du es auch bekommen.«

»Hast du keine Angst, dass ich auf sie losgehe?«

»Daran könnte ich dich jederzeit hindern.«

Zweifellos. Thierry verfügt über mächtige Magie, während meine Kräfte seiner Kontrolle obliegen. Aber wer sagt eigentlich, dass ich gegen ihn kämpfen muss? Weglaufen wäre auch eine Möglichkeit.

»Denkst du, ich würde mich ein zweites Mal von dir fangen lassen?«, frage ich.

Er sieht mich ernst an. »Mir wirst du niemals entkommen.«

Die schwarze Magie in mir wirft sich gegen ihr unsichtbares Gefängnis, aus dem es kein Entrinnen gibt, solange er nicht die Tür aufsperrt. Thierry hat recht. Er würde mich immer finden. Ich habe meine einzige Chance auf Freiheit verwirkt, denn was auch immer uns jetzt verbindet, lässt sich nicht mehr zerstören. Das macht mir mehr Angst, als ich zugeben will.

KAPITEL 3

FLUCHWEBER

Ich verlasse meine einstige Gefängniszelle. Es tut gut, mich frei bewegen zu können, doch dieses Geschenk genieße ich mit Vorsicht. Alles hat seinen Preis, wenn man mit Zauberwebern verhandelt.

»Du hast übrigens Vogelkot auf deiner Schulter«, sage ich und deute auf den weißen Fleck. »Gefällt mir. Der verleiht dir Demut.«

Thierry rollt mit den Augen. »Wenn du fertig mit Starren bist, können wir los. Wir haben keine Zeit zu verlieren, also sollten wir die Audienz schnell hinter uns bringen.«

Ich runzle die Stirn. »Soviel ich weiß, ist die Hauptstadt einige Tagesritte entfernt. Und die Tatsache, dass wir uns auf einer Insel befinden, macht das Ganze nicht besser.«

Eine Falte erscheint zwischen seinen Brauen. »Woher weißt du, wo du bist?«

»Ich belausche die armen Kerle, die mir das Essen bringen. Meistens beschweren sie sich darüber, dass ausgerechnet sie auf dieser Insel festsitzen und einem Ungeheuer wie mir Nahrung geben müssen.«

Zweimal am Tag, immer zur selben Zeit, ist Thierrys Zauberkäfig zusammengeschrumpft, sodass die Wärter das Essen ungefährdet auf dem Tisch abstellen konnten. Wenig später hat er sich erneut ausgedehnt. Ziemlich perfide, auf so eine Idee zu kommen.

»Wir nutzen eine Passage«, verkündet Thierry.

»Auf keinen Fall.«

Allein bei dem Wort dreht sich mir der Magen um. Ich werde nie wieder durch eine Passage gehen, schon gar nicht freiwillig. An die Ereignisse vor drei Jahren, als die Zauberweber mich durch ihre Passage gezerrt haben, erinnere ich mich lebhaft. Bei dem Gedanken daran wird mir schwindelig.

»Dir bleibt nichts anderes übrig«, erwidert Thierry. »Du hast Zeit, dich mit dem Gedanken anzufreunden, bis wir an der frischen Luft sind. Ich kann erst außerhalb dieser Mauern eine Passage öffnen.«

Wie kommt er darauf, dass ein Spaziergang etwas an meiner Einstellung zu der Sache ändern könnte? Lieber schwimme ich ans Festland, bevor ich eine Passage betrete.

»Ich hasse dich«, knurre ich.

»Das Gefühl beruht auf Gegenseitigkeit, glaub mir.«

»Dir glaube ich überhaupt nichts mehr.«

Er stöhnt entnervt und kramt in den Taschen seiner Robe. Der Schein seiner Lichtkugel fällt auf den Gegenstand, den er hervorzieht – ein himmelblaues Seidentuch.

Ich mustere es skeptisch. »Hat unser kleines Wiedersehen dich etwa zu Tränen gerührt? Hätte dich nicht für sentimental gehalten.«

»Bestimmt nicht.«

Bevor ich etwas erwidern kann, wirkt er seine Magie, und das Tuch verwandelt sich in einen Umhang mit Kapuze. Die Farbe ist gleich geblieben, doch zusätzlich befindet sich ein Seidenband am Stoff, mit dem man den Umhang vorn zuknoten kann. So ein hübsches Kleidungsstück habe ich lange nicht mehr gesehen.

Die dunkle Macht in mir faucht bei diesem Anblick geradezu. Vielleicht, weil sie meinen Schmerz und meine unstillbare Sehnsucht spürt. Solche Tricks würde ich auch gern beherrschen. Ich würde gern schöne Dinge erschaffen, doch meine eigenen Fähigkeiten beschränken sich auf Zerstörung.

»Den solltest du überziehen«, meint Thierry.

»Nach all der Zeit machst du dir plötzlich Sorgen, dass ich erfriere?«

»Nein.«

Kälte spüre ich nicht mehr so intensiv wie früher. Während der langen Tage in dieser Zelle habe ich sie nicht einmal wahrgenommen.

Keine Ahnung, ob er das weiß. Mehr als ein Jahr bin ich bereits hier unten. Jeden Morgen nach der Mahlzeit habe ich eine Seite aus einem der Bücher herausgerissen, um die Tage zu zählen.

»Ich will kein Aufsehen erregen«, erklärt Thierry.

»So abstoßend bin ich auch wieder nicht, dass du mich verstecken müsstest.«

»Nein, bist du nicht.«

»Ah, das gibst du also zu?«

»Nimm ihn schon«, brummt er.

Ich rümpfe die Nase. »Wenn du Angst hast, die Wärter könnten bei meinem Anblick tot umfallen, hättest du mich vielleicht nicht befreien sollen.«

Obwohl es mir Spaß macht, ihn zu nerven, nehme ich schließlich den Umhang. Für einen Moment berühren sich unsere Finger, seine warm, meine kalt. Sofort zieht er seine Hand zurück, als hätte er bloßes Eis angefasst.

»Du bist nicht immer so zurückgezuckt«, murmele ich und schlüpfe in den Umhang. Der glatte Stoff schmiegt sich seidig weich an meine Haut.

»Die Dinge haben sich geändert.«

»Nur weil die Umstände sich verändert haben, sind wir keine neuen Menschen geworden.«

Thierry kehrt mir wortlos den Rücken zu und marschiert zur Tür. Klar, ein Zauberweber hört sich natürlich nur die Dinge an, die er auch hören will.

»Macht die Tür auf, Dupont!«

»Brenn einfach ein Loch hinein«, schlage ich vor und ziehe mir die Kapuze über. »Leute wie du holen sich doch sonst immer alles, ohne vorher um Erlaubnis zu fragen.«

Er lächelt finster. »Du hast wohl nicht vor, das hier so angenehm wie möglich für uns zu machen.«

»Das hier ist alles, aber nicht angenehm. Tun wir also nicht so, als könnte es das sein.«

Ich werde niemals vergessen, was er getan hat. Seine Jagd auf mich oder den hinterhältigen Trick, mit dem er mich dazu gebracht hat, ihm zu vertrauen. Ich dachte, er würde mich verstehen. Mich vermissen, mich *lieben*. Doch dann hat er mich an sich gebunden und in dieses Gefängnis gesteckt. Dafür ist das, was ich ihm bislang an den Kopf geworfen habe, viel zu zahm.

Allein der Gedanke an seinen Verrat reicht, um meine Schattenkräfte an die Oberfläche zu locken. Ein zarter Hauch von schwarzem Nebel kriecht über meine Hände.

»Was machst du da?«, fragt Thierry irritiert.

»Angst vor der Dunkelheit, Poitiers?«

Ich schenke ihm ein böses Lächeln. Ein letzter Rest meiner Macht lässt sich nicht einmal durch sein Siegel zurückhalten, aber zu mehr als diesem Kunststück bin ich leider nicht fähig.

Er presst die Lippen aufeinander. »Nicht im Geringsten.«

So ein elender Lügner. Ich sehe genau, wenn er flunkert. Dann kann er meinen Blick nicht festhalten und tut so, als hätte ich seinen Stolz verletzt.

»Jeder fürchtet sich vor der Dunkelheit. Willst du wissen warum? Weil sie die Menschen an das erinnert, was in ihren eigenen Herzen lauert.«

Jemand entriegelt die Tür. Ein kleiner kahlköpfiger Mann mit Bart, den ich noch nie zuvor gesehen habe, späht in den Raum. Als er mich entdeckt, weiten sich seine Augen.

»Tu unserem Befreier einen Gefallen und beeil dich«, fordere ich Thierry auf. »Ich glaube, er wird erst wieder atmen, wenn ich außer Sichtweite bin.«

»Damit hast du vermutlich recht.« Er setzt sich in Bewegung. »Bis zum nächsten Mal, Dupont.«

Eine Antwort erhält er nicht, doch der Mann sieht aus, als würde er daran zweifeln, dass es ein nächstes Mal gibt.

Ich folge Thierry durch den finsteren Korridor, begleitet von seinem Lichtzauber, der uns den Weg erhellt. Das Gefängnis ist ein stiller, trostloser Ort ohne Hoffnung. Ich kann es kaum erwarten, ihn zu verlassen, zusammen mit den Wärtern, die mich behandeln wie ein wildes Tier.

»Also«, sage ich nach einer Weile. »Du kannst ein Taschentuch in einen Umhang verwandeln, schaffst es aber nicht, einen einzigen Zauberweber loszuwerden?«

Ich genieße es, meine Stimme zu nutzen, auch wenn sie etwas rau klingt. Während meiner Gefangenschaft habe ich manchmal laut gelesen, um sie nicht einrosten zu lassen.

»Fluchweber«, korrigiert Thierry.

»Ach ja.«

Zauberweber, die sich der schwarzen Magie zuwenden, nennen seine Leute Fluchweber, weil sie in der Lage sind, mit ihren Taten einen Fluch zu erschaffen. Meistens werden sie allerdings aufgehalten, bevor sie vollkommen den Verstand verlieren.

»Gauthier ist kein gewöhnlicher Fluchweber«, erklärt Thierry, während wir die Treppenstufen erklimmen. »Kein anderer ist so tief in verbotenen Zaubern versunken. Er besitzt eine unvorstellbare Macht.«

Aus dem Grund scheint er auch unsterblich zu sein. Zauberweber leben außerordentlich lange, aber in der Regel kann man sie trotzdem töten. Gauthier dagegen taucht kurz nach seinem Tod wie aus dem Nichts wieder auf. Nur wenn der Fluch zurückgedrängt wird, verschwindet auch er. Bis der Fluch zurückkehrt.

»Er nutzt also mächtige schwarze Magie. Warum tut ihr nicht dasselbe? In diesem Fall dürfte der Zweck wohl die Mittel rechtfertigen. Bei euren Experimenten hattet ihr schließlich auch keine Probleme damit.«

»Das war keine schwarze Magie«, fährt Thierry mich an. »Ein Zauber, der mit Blut gewirkt wird, ist unberechenbar. Wir könnten damit einen weiteren Fluch erschaffen, genauso schrecklich wie dieser. Beim letzten Mal, als jemand zu tief in die schwarzen Künste eingedrungen ist, wurde der Blutfluch geboren.«

Ich gehe schweigend neben ihm her. Der Blutfluch ist eine weitere Abscheulichkeit, die von Zauberwebern in die Welt gebracht wurde. Er hat die Existenz von Vampiren zu verantworten. Ich kann von Glück reden, noch keinem begegnet zu sein.

Auf unserem Weg durch das Gefängnis hadere ich damit, ob ich die Luft anhalten oder tief einatmen soll, weil der Umhang nach Thierry riecht. Sein ganz eigener, unverkennbarer Duft, der mich an Abende vor einem knisternden Kaminfeuer und Minztee in den Händen erinnert. An Gespräche unter klarem Sternenhimmel und Nächte voller Geborgenheit. An nichts davon sollte ich denken. Ich sollte den Umhang ablegen und in eine schmutzige Ecke werfen, damit er zusammen mit der Vergangenheit in Vergessenheit gerät. Doch ich tue es nicht, weil ich offenbar schwächer bin, als ich dachte.

Wir gelangen zum Ausgang, einem massiven Metalltor, das Thierry mit einer Handbewegung öffnet.

Verdammter Angeber.

Als das Tageslicht in den Eingangsbereich fällt, kneife ich die Lider zusammen und halte mir stöhnend den Arm vor die Augen, um sie abzuschirmen. Es dauert eine Weile, bis ich mich ansatzweise an die Helligkeit gewöhne. Wenn ich das schon hier drin kaum verkrafte, wie muss es dann erst draußen sein?

Nach einiger Zeit öffne ich vorsichtig die Augen und folge Thierry hinaus. Der salzige Geruch des Meeres strömt mir in die Nase und erinnert mich an das eine Mal, als Vater mit uns zur Küste gereist ist. Ein sanfter Windhauch kitzelt meine Haut und die rauschenden Wellen schlagen gegen die Brandung. Ich atme tief ein, genieße das Gefühl, endlich an der frischen Luft zu sein.

So fühlt sich Freiheit an.

Ich weiß, dass das hier nicht von Dauer sein wird, aber die Illusion ist zu schön, um sich nicht für einen Moment in ihr zu verlieren. Mit schmerzenden, halb zusammengekniffenen Augen folge ich Thierry über die Steinbrücke vor uns und sehe kurz über die Schulter. Wenn ich nicht wüsste, dass die kleine Insel ein Gefängnis beherbergt, fände ich sie idyllisch. Das alte Gemäuer fasziniert mich, wirkt wie eine Schlossruine im Ozean. Ob dieser Ort schon immer für solche Zwecke genutzt wurde?

Als ich den Blick wieder nach vorn richte, blitzt ein grelles Licht einige Meter vor uns auf. Es weitet sich aus, wird zu einem leuchtenden Tor. Eine magische Passage, aus deren Schein eine Person tritt. Der Mann in pechschwarzer Robe kommt auf uns zu. Trotz seiner beachtlichen Größe bewegt er sich elegant, setzt leichtfüßig einen Schritt vor den nächsten. Sein dunkles lockiges Haar hat er streng über den Kopf gekämmt. Die ausgeprägten Wangenknochen und die schmalen Lippen verleihen seiner Erscheinung etwas Kantiges.

Ich wende mich von dem Fremden ab und werfe Thierry einen fragenden Blick zu. Der Mann ist ein Zauberweber, daran besteht kein Zweifel. Allein schon deswegen müssen die beiden sich kennen, so viele von ihnen gibt es schließlich auch nicht. Thierrys Gesichtsausdruck verfinstert sich jedoch zunehmend. Seine Reaktion lässt nur einen Schluss zu: Diesen Mann will er jetzt und hier nicht sehen.

KAPITEL 4

GÖTTER AUS FLEISCH UND BLUT

Ob das Gauthier ist? So früh hatte ich nicht mit einem Aufeinandertreffen gerechnet, aber anders kann ich mir Thierrys schlechte Laune nicht erklären.

Ich versuche meine Anspannung mit einem zynischen Lächeln zu überspielen. »Irgendwie hatte ich mir den legendären Fluchweber anders vorgestellt. Eher wie jemanden, der einem okkulten Gott Menschenopfer darbringt. Du weißt schon, mit blutverschmierten Händen und dergleichen.«

»Das ist nicht Gauthier.«

»Sondern?«

»Er ist … ein Kollege«, erklärt Thierry zögerlich.

»Wohl kein besonders geschätzter.«

Der Mann vor uns schnaubt. »Das liegt daran, dass unser königlicher Zauberweber sich immer noch für das schämen sollte, was er mir angetan hat.«

Thierry verzieht keine Miene. »Diese Sache liegt Jahrzehnte zurück, Davide.«

»Trotzdem habe ich sie nicht vergessen.«

Seine Stimme trieft vor Gift, Hass und etwas anderem, das unter der feindseligen Oberfläche lauert.

Ich verschränke die Arme vor der Brust. »Falls er dich nicht durchs Land gejagt, mit einem hinterhältigen Trick gefangen genommen und in eine magische Gefängniszelle gesperrt hat, kannst du dich schön hinten anstellen.«

Davide grinst, als sein Blick auf mich fällt, und entblößt dabei seine schiefen Zähne. Obwohl er sich danach wieder Thierry zuwendet, bleibt seine Belustigung unverkennbar. »Weiß der Rat, was du hier treibst?«

Thierry versteift sich neben mir. »Meine Anweisungen kommen von der Königin. Ich schulde nur ihr Rechenschaft.«

Das entlockt Davide ein verächtliches Schnauben. »Nicht in eintausend Jahren würde unsere verehrte Regentin auf die Idee kommen, das Schattenmädchen zu befreien. Du hast ihr das eingeflüstert, oder?«

»Was willst du, Davide?«, fragt Thierry wütend. »Ist es immer noch meine Position bei Hofe? Willst du mir deshalb den Rat auf den Hals hetzen?«

Davide lächelt süffisant. »Der Rat könnte mich kaum weniger interessieren. Genauso wenig, wie mich deine Position schert. Ich verabscheue dich für das, was du getan hast. Auch jetzt. Aber mir sind andere Dinge wichtiger geworden. Inzwischen habe ich eine Position, bei der man mich für meine Arbeit schätzt.«

Er zieht ein Messer aus dem Gürtel unter seiner Robe und schneidet sich in die Handfläche. Blut quillt aus der Wunde. Kurz darauf entsteht ein rotes Leuchten an derselben Stelle, breitet sich aus und schießt direkt auf uns zu. Doch statt gegen uns zu prallen, fliegt der Zauber an uns vorbei.

»Was zum …?«, entfährt es Thierry.

Ich stöhne auf. »Schwarze Magie. Warum überrascht mich das nicht?«

»Greift sie an!«, ruft Davide.

Thierry und ich fahren erschrocken herum. Die beiden Wachen am Gefängniseingang verlassen ihre Position. Sie kommen auf uns zu, legen ihre Musketen an und richten sie auf uns.

Verdammter Mist.

Thierry streckt den Arm aus und wirft beide Männer mit einem magischen Stoß zurück, bevor sie schießen können. Sie stürzen zu Boden, wobei sie ihre Waffen verlieren. Doch sobald sie sich gesammelt haben, greifen sie erneut danach. Ein ohrenbetäubender Knall gellt durch die Luft. Die Kugel donnert gegen eine unsichtbare Wand und fällt zu Boden. Ein magischer Schutzwall. Glück gehabt.

Mit einer weiteren Handbewegung reißt Thierry dem ersten Mann die Waffe aus den Händen und lässt sie von der Steinbrücke fliegen. Nachdem er den anderen Angreifer ein weiteres Mal von seinen Füßen gerissen hat, deutet er auf den Unbewaffneten, woraufhin dieser in seiner Bewegung innehält, unfähig, sich zu rühren.

Götter aus Fleisch und Blut, schießt es mir durch den Kopf.

Aber ein Gott an meiner Seite ist auch nötig, um das hier zu überstehen, denn die Männer sind nicht länger sie selbst. Sie stehen unter dem Einfluss von schwarzer Magie.

Thierry wirbelt zornig herum. »Was hast du getan, Davide?«

Ein böswilliges Lachen ertönt. »Was ich schon längst hätte tun sollen. Mein volles Potenzial ausschöpfen. Gauthier hatte recht, ihr Zirkelweber seid viel zu ängstlich, um eure Gabe so zu entfalten, wie sie es verdient.«

»Gauthier?«

»Überrascht es dich, seinen Namen aus meinem Mund zu hören? Oder sehe ich da Angst in deinen Augen?«

Ich drehe mich wieder um. Thierrys Miene zeigt eine Menge Emotionen, und Angst gehört sicher nicht dazu. Stattdessen erkenne ich vor allem Zorn.

»Du hast dich mit Gauthier verbündet? Hast du den Verstand verloren?«

Davide schüttelt den Kopf. »Ich schlage mich lediglich auf die Gewinnerseite. Von deiner Königin und dem Rat wird nichts mehr übrig sein, wenn Gauthier sich um sie gekümmert hat. Und das wird er, denn du bist zweifellos hier, weil du dich gegen einen weiteren Opferzauber entschieden hast. Ein tragischer Fehler, mein lieber Kollege. Denn welchen Plan du auch immer in deinem klugen Köpfchen ersonnen hast, er wird scheitern. Dafür sorge ich höchstpersönlich.«

Davide lässt seine Hand in gleißendem Licht erstrahlen, doch dieses Mal ist es silbern statt rot.

»Ahh!«

Thierry umfasst sein linkes Handgelenk. Was auch immer Davide ihm angetan hat, sorgt dafür, dass er sich vor Schmerzen krümmt. Er geht ächzend in die Knie und starrt auf seinen Handrücken, wo auf einmal ein schwarzes Mal prangt, das meinem eigenen ähnelt. Statt einer Rose stellt es allerdings einen Dolch dar.

»Was ist passiert?«, frage ich hektisch.

Er hebt den Kopf. In seinem Blick liegt Verzweiflung, und zum ersten Mal werde ich richtig nervös. »Er hat meine Magie versiegelt.«

»Was?!«

Mit der Faust schlägt er auf den Boden, als könnte er das Siegel damit zerstören. »Anders als bei dir, aber …« Er keucht. »Meine Kräfte sind stark beeinträchtigt. Ich kann nicht …«

Ein Schuss zerfetzt die Luft. Ich zucke zusammen. Die Kugel schlägt nur Zentimeter neben Thierry auf dem Boden ein.

»Das reicht«, befiehlt Davide. »Wartet auf mein Zeichen.«

Bevor ich mich nach den Wachen umdrehen kann, hebt mich etwas von den Füßen. Ich schwebe nach oben und der Boden entfernt sich immer weiter von mir. Ein Meter, zwei Meter, vielleicht drei. Eine drückende Übelkeit überkommt mich. Magie beherrscht meinen Körper. Ich hasse es so sehr. Diese Machtlosigkeit. Das Gefühl, einem Zauberweber ausgeliefert zu sein.

»Und jetzt zu dir«, ruft Davide. Er hat seine Hand in meine Richtung ausgestreckt und lässt mich mithilfe seiner Magie schweben. »Gauthier will deinen Tod. Also soll er ihn auch bekommen.«

Niemals.

»Du musst das Siegel lösen!«, schreie ich, in der Hoffnung, Thierry versteht mich.

Ich weiß, dass er meinen Bann temporär aufheben kann. Und er muss, sonst sind wir am Ende.

»Nein!«

Thierry richtet sich auf und wirft Davide mit einem magischen Stoß um. Sofort stürze ich ab, doch bevor ich mir alle Knochen brechen kann, hält mich etwas wenige Zentimeter über dem Boden fest. Sanft lande ich auf dem staubigen Grund. Thierry kommt zu mir, packt mich am Oberarm und öffnet eine flackernde Passage.

»Rein da«, ruft er.

»Was?! Bestimmt nicht!«

»Wir werden sterben, wenn du es nicht tust!«

»Ich werde mit ihm fertig. Du musst nur den verdammten Bann lösen!«

Es ist nicht meine Schuld, dass wir in diesem Schlamassel gelandet sind. Davide hat offensichtlich ein Problem mit Thierry, weshalb er sich mit dem schlimmsten Fluchweber überhaupt verbündet hat.

»Er wird dich mit schwarzer Magie angreifen, und das können wir nicht riskieren!«

»Aber wir …«

Mehr bringe ich nicht heraus, denn ich sehe, wie Davide auf die Füße kommt und bereits das Messer in der Hand hält.

»Jetzt komm!«, schreit Thierry.

Bevor ich noch einmal protestieren kann, zieht er mich mit aller Macht durch seine Passage. Ein wütender Schrei ertönt hinter uns, aber nachdem sich der magische Durchgang geschlossen hat, verschluckt ein pfeifender Wind Davides Stimme.

Ein Sturm wirbelt mich durch die Luft, und wir befinden uns inmitten eines grellen silbernen Lichts. Etwas zerrt heftig an meinem Körper, wie eintausend Hände, die versuchen mich auseinanderzureißen. Ich schreie, doch meine Stimme wird fortgetragen, bevor sie in meinen Ohren widerhallen kann. Thierry schließt seine Finger fest um meinen Oberarm. Sein Atem ist direkt an meinem Ohr. Mein Herz rast und auf meiner Brust liegt ein furchtbarer Druck.

Nicht an damals denken. Bloß nicht an damals denken.

Das hier fühlt sich anders an als vor drei Jahren. Schlimmer. Die Magie erdrückt mich. Ich kann nicht mehr atmen, kann mich nicht bewegen, nicht einmal schreien. Meine Sinne sind benebelt, darum kneife ich die Augen zusammen, will das Ende nicht sehen, wenn es mich holt.

Lass mich nicht los, denke ich noch.

Dann lässt das Pfeifen nach und der Druck verschwindet. Ich stürze auf einen weichen Untergrund.

Obwohl ich sanft gelandet bin, tut mir alles weh. Ächzend öffne ich die Augen. Ich liege auf einem hässlichen Teppich mit Karomuster, das so ziemlich jede Farbe beinhaltet, die es gibt.

Wo bin ich?

Mit einem Stöhnen drehe ich mich auf den Rücken. Über mir erstreckt sich eine prachtvoll bemalte Decke. Der Künstler hat es sich offensichtlich zur Aufgabe gemacht, dort oben eine Geschichte zu erzählen. Eine Person wird auf den Bildern gekrönt, andere knien ehrfürchtig nieder. Auf einem anderen streckt ein König siegessicher ein Schwert in die Höhe.

Ich rolle mich auf die Seite. Thierry setzt sich neben mir auf.

»Du bist ein verdammter Arsch!«, schreie ich aufgebracht, weil er mich in die Passage gezogen hat. »Warum hast du mich ihn nicht erledigen lassen?«

»Es war der falsche Zeitpunkt.«

»Der falsche Zeitpunkt? Und wann soll der richtige sein? Wenn ich Gauthier gegenüberstehe, dem angeblich mächtigsten Zauberweber aller Zeiten?«

»Fluchweber.«

»Sei jetzt bloß nicht pedantisch!«

Thierry atmet angestrengt aus. Er wirkt mitgenommen und sieht frustriert auf seinen Handrücken, wo der schwarze Dolch prangt.

»Davide hat einen Bannzauber gewirkt, während ich von den Wachen abgelenkt war.«

»Das habe ich bemerkt. Und jetzt?«

»Er wirkt nur temporär, aber es kann Tage dauern, bis ich meine vollen Kräfte zurückerlange. Ohne die haben wir keine Chance gegen Gauthier.«

Das sind ja großartige Neuigkeiten. Warum hat er das nicht kommen sehen? Er ist doch sonst immer auf jede noch so unwahrscheinliche Kleinigkeit vorbereitet.

»Eine Passage hast du noch zustande bekommen«, merke ich an.

Er lächelt zynisch. »Ja, und sie war so instabil, dass sie uns beinahe zerfetzt hätte.«

»Dann hättest du mich kämpfen lassen sollen!«

»Nein, das Risiko war zu groß. Davide ist mächtig, und jetzt, da er schwarze Magie nutzt, ist er unberechenbar.«

Ich reibe mir frustriert über den schmerzenden Oberarm. »Was hast du diesem armen Kerl bloß angetan, dass er dich so sehr hasst?«

Thierry lehnt sich erschöpft zurück und stützt sich auf seinen Händen ab. »Wir gehörten demselben Zirkel an. Vor zwanzig Jahren ist der Zauberweber des letzten Königs gestorben. Sein Nachfolger wird bestimmt, indem zwei vielversprechende Kandidaten gegeneinander antreten, um ihr Können zu demonstrieren. Der Rat kürt einen Sieger, der zum neuen königlichen Zauberweber ernannt wird.«

»Und diese beiden Kandidaten waren Davide und du?«

Er nickt. »Ich wollte die Position aus persönlichen Gründen. Und ich wusste, dass Davide fasziniert von allerhand Verbotenem war. Er konnte keine Grenzen akzeptieren. Am Abend vor dem Wettbewerb haben wir uns bei einem Glas Wein unterhalten. Ich habe seinem eine Substanz beigemischt, die seine Magie am Tag darauf schwächen würde. So habe ich gewonnen. Er wusste, was ich getan habe, konnte es aber nicht beweisen. Der Rat hat ihn für einen schlechten Verlierer gehalten und sein Ruf hat darunter gelitten.«

Ich starre ihn ungläubig an. »Heißt das, du warst schon immer ein hinterhältiger Betrüger? Gut zu wissen, dass es nicht an mir gelegen hat.«

Wegen Thierrys Ehrgeiz haben wir jetzt nicht nur einen Fluchweber mehr am Hals, sondern sind auch noch durch einen weiteren Bann geschwächt. Das hat er wirklich wunderbar hinbekommen.

Ich stehe auf und drehe mich im Kreis. »Wo sind wir überhaupt gelandet? Bitte sag mir, dass wir uns nicht im Landhaus irgendeines Grafen befinden.«

»Nein«, antwortet er zu meiner Erleichterung. »Wir sind im Schloss von Beaucourt.«

KAPITEL 5

IHRE EINZIGE HOFFNUNG

Nie im Leben hätte ich damit gerechnet, das Schloss von Beaucourt je von innen zu sehen. Besonders nicht, nachdem ich als Zauberwebermörderin im Gefängnis gelandet bin.

Schon dieser kleine Raum raubt mir den Atem. Der massive Holztisch im Zentrum deutet darauf hin, dass wir uns in einem Arbeitszimmer befinden. Durch die bodentiefen Fenster dringt Tageslicht herein und spendet den Rosen in ihren Tontöpfen Wärme. Angeblich soll es in der Hauptstadt dreimal so viele Rosen wie Einwohner geben, darum nennt man sie auch *Stadt der Rosen*. Sophie hat in ihren Briefen von all den hinreißenden Blüten geschwärmt, die auf magische Weise das ganze Jahr über blühen.

Thierry marschiert zu einer doppelflügeligen, goldgerahmten Tür. Als ich ihm mit meinem Blick folge, fällt mir ein Gemälde an der Wand auf. Ich lege den Kopf schief.

»Was …?«

Mehr bringe ich nicht heraus. Gut möglich, dass mir der Aufenthalt in einer einsamen Zelle den Verstand geraubt hat, aber auf diesem Bild ist eindeutig ein Männerhintern zu sehen. Ich kneife die Augen leicht zusammen, doch egal aus welchem Winkel ich es betrachte, es bleibt dasselbe Bild. Der Hintern ist von einem Strauch blauer Rosen umgeben.

»Was ist los?«, fragt Thierry und dreht sich zu mir um.

Ich deute sprachlos auf das Bild.

»Ah, das.«

»Warum hängt im Schloss von Beaucourt ein Bild von einem splitterfasernackten Männerpo?«

»Das ist ein Gemälde von Gervais Dallien«, antwortet er, als würde das alles erklären.

»Und?«

»Ein beliebter Maler. Seine Bilder sind mehr Statussymbol als ästhetische Kunst. Jeder, der etwas auf sich hält, besitzt eine seiner Arbeiten.«

»Heißt das, es gibt noch mehr von der Sorte?«

Thierrys Mundwinkel zuckt. »Noch einige. Nur die Farben der Rosen und die Form des … *Körpers* variieren.«

Wird er etwa gerade rot? Unfassbar. Auch wenn er nicht so aussieht, der Mann ist fast doppelt so alt wie ich, da sollte ihn ein nackter Hintern wohl kaum in Verlegenheit bringen.

»Hast du einen Wärmezauber gewirkt oder glühen deine Wangen von ganz allein?«

»Was?« Er räuspert sich so empört, wie man sich nur räuspern kann. »Ich hole die Königin.«

Bevor ich ihn weiter damit aufziehen kann, verlässt er den Raum. Kluge Entscheidung. Einen weiteren Kommentar hätte ich mir nur schwer verkneifen können.

Ich wende mich von dem Bild ab, das zugegebenermaßen ein echter Blickfänger ist. Irgendwie ist es auf eine seltsame Art faszinierend. So zeitlos, und gleichzeitig hat es etwas Leidenschaftliches an sich.

Ich gehe zu den Fenstern und ziehe einen der roten Stoffvorhänge beiseite. Da das Schloss auf einem Hügel erbaut wurde, kann ich die ganze Stadt überblicken. Nebel hängt über den roten Dächern und ein leichter Nieselregen wird vom Wind an die Scheibe getragen. Solche Herbsttage liebe ich, aber die finstere Magie in der Luft legt sich auf mein Gemüt.

Mein Blick fällt auf die Rosen vor mir. Die Blüten sind wunderschön und erstrahlen in einem satten Rotton. Vorsichtig berühre ich ein zartes Blütenblatt, streiche mit dem Daumen darüber. Schon nach wenigen Sekunden beginnt die Blüte zu welken. Die meisten ihrer Blätter sind bereits schwarz, als ich meine Hand zurückziehe. Ich beiße mir auf die Unterlippe.

Warum habe ich bloß gehofft, das könnte sich geändert haben?

Hierzu haben sie mich gemacht. Zu jemandem, der dunkle Magie befehligt und allem Lebenden den Tod bringt. Ganz egal, ob es meine Absicht ist oder nicht. Wenn ich Pflanzen berühre, sterben sie. Wenn ich Menschen berühre, schrecken sie zurück. Die Dunkelheit in mir wird mich immer einsam bleiben lassen, und sosehr ich mich auch bemühe, damit zurechtzukommen, wird es mir nie gelingen. Ich sehne mich nach Berührungen, nach Geborgenheit und Liebe, genau wie früher. Weil ich trotz der Finsternis in mir menschlich bin.

Die Tür wird aufgestoßen. Vor Schreck fahre ich zusammen und positioniere mich so vor dem Fenster, dass niemand die verwelkte Rose sehen kann.

Thierry ist zurück, aber anstelle der Königin hat er eine wütende junge Frau im Schlepptau, die eine blaue Robe mit silbern verzierten Ärmelaufschlägen trägt. Sie hat ihr braunes Haar zu einem Zopf geflochten und über die Schulter gelegt. Ihre dichten Augenbrauen sorgen dafür, dass sie noch schlechter gelaunt wirkt, als sie ohnehin aussieht.

Als sie mich erkennt, weiten sich ihre blauen Augen. Sie marschiert vor Thierry und funkelt ihn zornig an. »Ich fasse es nicht! Du hast es *wirklich* getan!«

»Ich habe Victoires Anweisungen befolgt.«

»O nein, du hast ihr verdammt noch mal eingeredet, dass das unsere einzige Möglichkeit sei! Unsere Königin hätte dem niemals zugestimmt, wenn du nicht darauf bestanden hättest, dass es keinen anderen Weg gebe!«

Ich erkenne ihre Stimme. Es ist die Zauberweberin, die bei Thierry war, bevor er mich ins Gefängnis gebracht hat. Ihr hat er von dem Siegel erzählt, während ich die beiden belauscht habe.

»Es gibt keinen anderen Weg«, beharrt er. »Keiner außer ihr kann zur Quelle vordringen.«

Sie schüttelt den Kopf. »Du weißt nicht einmal, ob es funktionieren wird. Du bringst uns alle wegen einer Vermutung in Gefahr!«

»Wenn es nur eine Vermutung ist, warum war dann Davide dort? Er hat uns angegriffen.«

»Wie bitte?«

»Er hat zwei Wachen mit schwarzer Magie dazu gebracht, auf uns zu schießen. Außerdem hat er meine Kräfte versiegelt.« Zum Beweis zeigt er ihr das Zeichen auf seinem Handrücken. »Er macht gemeinsame Sache mit Gauthier.«

Sie weicht einen Schritt zurück. »Das kann nicht sein.«

»Es ist die Wahrheit, Orianne.«

Schockiert starrt sie auf den Dolch. »Offensichtlich.«

»Gauthier hat ihm befohlen, sie zu töten.« Thierry deutet auf mich. »Warum sollte er das tun, wenn sie keine Gefahr darstellt? Ich weiß nicht, wie er von ihr erfahren hat oder woher er wusste, dass ich sie ausgerechnet heute befreien würde, aber das spielt keine Rolle. Dank diesem Zwischenfall glaube ich mehr denn je an diesen Plan.«

»Ich gebe es nur ungern zu«, mische ich mich ein, »aber er hat recht.«

Zumindest ergibt seine Ausführung Sinn, und das gestehe ich mir tatsächlich nur sehr widerwillig ein. Viel lieber würde ich ihm sagen, wie falsch er liegt.

Orianne wirft mir einen missbilligenden Blick zu und sieht dann wieder Thierry an. »Das kannst du nicht ernst meinen. Der Rat wird außer sich sein, wenn er davon erfährt.«

»Dann sollte er besser nichts mitbekommen«, sagt er. »Der Rat will die Wahrheit nicht sehen, weil seine Mitglieder zu verblendet von ihren Rachegedanken sind. In ihrer Arroganz glauben sie, sie könnten einen anderen Weg finden, um Gauthier zu besiegen. Aber das haben sie in all den Jahren nicht geschafft, und das werden sie auch nie.«

Ein Zauberweber bezeichnet seinesgleichen als arrogant. Wie unerwartet. Das gibt Pluspunkte für Selbstreflexion. Hätte ich Thierry gar nicht zugetraut.

»Was passiert, wenn sie sich gegen dich wendet?«, will Orianne wissen. »Sie ist unberechenbar, das weißt du! Du hast ihre Magie zwar gebannt, aber du bist geschwächt. Wenn du da draußen am Leben bleiben willst, wirst du Unterstützung benötigen. Oder hoffst du, dass sie sich nicht auf dich stürzt und euch beide umbringen wird, sobald du ihr Siegel gelöst hast? Sie wird sich auf Gauthiers Seite schlagen. Es sind schließlich seine Kräfte, die in ihr schlummern!«

Thierry sieht mich lange an. »Dann muss ich ihr wohl vertrauen.«

Ich bedenke ihn mit einem ironischen Lächeln. »Kein gutes Gefühl, von der Gnade eines anderen abhängig zu sein, oder?«

»Nicht besonders.« Er seufzt, verdrängt den Gedanken offenbar. »Ich hole Victoire.«

»Warte.«

Orianne geht zu ihm und lässt ihre Hand weiß aufleuchten, woraufhin der Vogelkot verschwindet. Die Geste wirkt vertraut. Thierrys Lächeln sorgt dafür, dass sich ein beißendes Gefühl in meiner Körpermitte regt. Es ist lange her, dass er mich so angesehen hat.

Er nickt der Zauberweberin zu und dreht sich um. Nachdem er den Raum verlassen hat, komme ich mir vor wie im Gefängnis. Orianne lässt mich keine Sekunde aus den Augen, und wenn Blicke töten könnten, läge ich schon leblos auf diesem grauenvollen Teppich.

»Schönes Gemälde, oder?«, frage ich und deute auf den Hintern neben der Tür.

Ihrem Gesichtsausdruck nach zu urteilen, findet sie meine Frage nicht witzig. »Man sollte dich einsperren und den Schlüssel wegwerfen.«

»Das hat man bereits getan«, erinnere ich sie.

»Er hätte dich dort lassen sollen.«

»Ich wünschte, ihr Zauberweber hättet mich von Anfang an gelassen, wo ich war. Das hätte uns allen viel Leid erspart.«

Ihre Miene verfinstert sich weiter. Sie hasst mich, das ist kaum zu übersehen. Alle Zauberweber tun das, warum sollte sie eine Ausnahme sein?

»Der einzige Grund, warum ich dich nicht eigenhändig wegsperre, ist, dass Thierry in dir unsere einzige Hoffnung sieht. *Ihre* einzige Hoffnung.«

Ich weißt sofort, wen sie meint. Die Königin. Victoire. Vom Volk wird sie nur *Füchsin* genannt, so wie jede Throninhaberin vor ihr. Rotes Haar und schneidender Scharfsinn sind das Markenzeichen dieser Familie.

»Und der einzige Grund, warum ich noch hier bin, ist sein kleiner Bannzauber, also kannst du dich glücklich schätzen«, gifte ich zurück.

Orianne verschränkt die Arme vor der Brust. »Er weiß nicht, was er tut.«

»Wie schön, dass wir uns da einig sind.«

Es macht Spaß, sie aufzuziehen. Weil sie mich vorverurteilt, ohne mich zu kennen. Wenn sie mich für so schrecklich hält, gebe ich ihr gern, was sie erwartet.

»Du siehst schmutzig aus«, zischt sie und taxiert mich von oben bis unten. »Außerdem stinkst du.«

Ich hebe die Augenbrauen. »Vielleicht weißt du es nicht, aber im letzten Jahr war mein Zugang zu Körperpflegemöglichkeiten begrenzt.«

Eigentlich ist er das seit drei Jahren, aber ich bin zu stolz, um das zuzugeben.

Orianne schnaubt. »Unfassbar, dass Thierry dich unserer Königin in so einem Zustand präsentieren will. Das ist eine Beleidigung. Abgesehen davon, dass es ohnehin eine Beleidigung ist, eine Mörderin ins Schloss zu bringen.«

Ich mache mir gar nicht die Mühe, richtigzustellen, dass ich bloß eine *mutmaßliche* Mörderin bin.

Sie nimmt einen tiefen Atemzug, als müsste sie sich zu irgendetwas überwinden. Dann kommt sie auf mich zu und packt mich am Kinn. Bevor ich ihrem Griff entfliehen kann, spüre ich, wie Magie durch meinen Körper strömt. Das Kribbeln lähmt mich. Ich will sie von mir wegstoßen, aber die Erinnerung an das, was vor drei Jahren passiert ist, hindert mich daran. Es dauert nur wenige

Sekunden, bis Orianne mein Kinn loslässt. Ich weiche einen Schritt zurück und sehe sie zornig an.

»Mach das nie wieder!«

Um meine Finger, die plötzlich sauber und gepflegt aussehen, schlängelt sich ein Schattenband. Orianne nimmt Abstand von mir, als sie das bemerkt.

»Beruhige dich«, mahnt sie angespannt. »Ich habe mich nur um deine Erscheinung gekümmert.«

»Was?«

Sie stößt einen Seufzer aus. »Sieh selbst.«

Aus dem Nichts erschafft sie eine magische Wand, die mir wie ein Spiegel mein Ebenbild zeigt. Wie ich vorher ausgesehen habe, weiß ich nicht, aber mein Haar hat sich völlig fettig angefühlt. Ich fahre mir durch die dichten Strähnen, die jetzt so weich sind, als hätte ich sie frisch gewaschen. Meinen gesunden Teint vermisse ich noch immer, aber ansonsten sehe ich so aus wie vorher – abgesehen von meiner Augenfarbe. An das intensive Lila kann ich mich einfach nicht gewöhnen, weil es fremd und unnatürlich ist.

Orianne lässt den Spiegel verschwinden. »Deinen Geruch bekomme ich nicht in den Griff, aber wenigstens siehst du halbwegs zivilisiert aus.«

So wie sie mich anstarrt, wirkt sie von dieser Tatsache irritiert. Als ob sie es bereut, meine Erscheinung in die eines normalen Menschen verwandelt zu haben.

»Du kannst solche Wunder verbringen, schaffst es aber nicht, mich wie eine Blume durften zu lassen?«, frage ich ironisch.

»Ich habe lediglich den Schmutz getilgt und das freigelegt, was unter ihm verborgen war. Aber ich kann keinen neuen Geruch herzaubern.«

»Bleib mir in Zukunft nur fern damit.«

»Du könntest ein wenig Dankbarkeit zeigen.«

»Ich verabscheue das Gefühl von Magie auf meiner Haut«, entgegne ich wütend. Es fühlt sich grauenhaft an, wenn diese Kraft meinen bereits gezeichneten Körper durchdringt. Ich will mich nie mehr so ausgeliefert fühlen. Das mag für sie undankbar erscheinen, aber ich habe sie nicht darum gebeten, mich zu säubern.

»Ach ja?«, fragt Orianne. »Das würde erklären, warum du …«

Ich nehme an, sie wollte mir eine Anschuldigung an den Kopf werfen, die mit den Zauberwebern des Klosters zu tun hat, doch als sich die Tür öffnet, verstummt sie. Thierry kommt herein, und die Frau an seiner Seite muss zweifellos die Königin sein.

KAPITEL 6

DIE VERSPRECHEN EINER KÖNIGIN

Die *Füchsin* sieht jünger aus, als von mir erwartet, in etwa so alt wie ich. Das rote Haar, das charakteristisch für ihre Familie ist, hat sie zu einer kunstvollen Hochsteckfrisur drapiert. Mit der Hakennase, der hellen Haut und dem fliehenden Kinn ist sie das Ebenbild ihres Vaters. Zumindest, wenn die Porträts ihm gerecht werden. Ich würde sie nicht als klassisch schön bezeichnen, aber sie strahlt etwas Erhabenes aus, das jede traditionelle Schönheit überstrahlt. Ihre harten Gesichtszüge zeugen von Stolz und Macht. Zu meiner Überraschung trägt sie nur eine dezente Krone, und auch ihr weinrotes Kleid ist ungewöhnlich schlicht gehalten.

»Das ist sie also«, sagt sie mit kräftiger Stimme. »Du hattest recht, man sieht ihr nicht an, was sie ist.«

Thierry eilt an meine Seite und mustert mich irritiert. Meine optische Veränderung ist ihm wohl aufgefallen, denn er blickt zu Orianne. Sie nickt stumm.

»Knie vor deiner Königin nieder«, befiehlt sie mir.

Ich beiße mir auf die Unterlippe. Die Zeiten, in denen ich getan habe, was ihresgleichen mir befiehlt, sind vorbei.

»Wozu sollte ich knien?«, frage ich schneidend. »Sie würde mich sofort töten lassen, wenn der Mann neben mir nicht wäre. Trotzdem erwartet sie von mir, dass ich nicht nur ihr Land, sondern auch ihr Leben rette. So eine Heuchelei verdient keine Huldigung.«

»Wie kannst du es wagen, so von unserer Königin …«

»Beruhige dich, Orianne«, unterbricht die Thronerbin sie und schenkt mir ein selbstbewusstes Lächeln. »Sie ist nicht hier, um mir Respekt zu zollen.«

»Das sollte sie aber!«

Zu meiner Überraschung zuckt die Königin lediglich mit den Schultern. »Sie hat lange Zeit in Gefangenschaft verbracht, da wird sie sich kaum um Gepflogenheiten scheren.«

Ich beobachte die Monarchin. Wie seltsam. Ausgerechnet sie scheint zu verstehen, dass ich mich nicht länger als Teil ihres Staates sehe und mir nichts aus Titeln mache.

»Ein Jahr ist bei Weitem nicht genug für diese Mörderin!«, giftet Orianne.

Die Königin verzieht keine Miene, während sie mich mustert. Sie verbirgt ihre Gefühle außerordentlich gut. Was auch immer sie über mich denkt, versteckt sie hinter eine Maske aus Gelassenheit. Ganz die pragmatische Herrscherin.

»Ich freue mich nicht darauf, mein Schicksal in die Hände einer Mörderin zu legen«, gibt sie zu. »Aber ich habe auch nicht vor, mein Land im Stich zu lassen.«

Ich ziehe einen Mundwinkel hoch. »Mörder können wirklich praktisch sein, stimmt's, Hoheit?«

»Halt den Mund!«, ruft Orianne mit geballten Fäusten.

Die Königin hebt eine Hand, um sie zum Schweigen zu bringen. »Lass sie sprechen.«

»Wie sie mit dir redet, ist inakzeptabel!«

»Ich finde es erfrischend. Die meisten schlucken die Wahrheit hinunter und versuchen mich mit süßen Worten einzulullen. Mir gefällt es besser, wenn man sein Gift offen versprüht.«

In ihrem Lächeln glaube ich Anerkennung zu finden. Mit ihrer Haltung erstaunt sie mich. Ich dachte, bei Hofe macht man sich bloß Gedanken um sein Erscheinungsbild und ein möglichst angenehmes Leben, aber sie wirkt anders. Ist nicht auf Lobhudelei angewiesen, sondern verdient sich ihr Ansehen mit Besonnenheit. Das kann ich respektieren. Wahre Macht besteht nicht darin, Respekt einzufordern, weil man eine Krone trägt, sondern ihn zu bekommen, weil man ihn verdient. Oder auf ihn zu verzichten, weil man ihn nicht nötig hat.

»Ich kann mir das Gift leisten«, sage ich in Oriannes Richtung. »Immerhin bin ich eure einzige Hoffnung.«

Sie macht einen Schritt nach vorn und hebt den Arm, als ob sie die Königin berühren will, lässt ihn dann jedoch abrupt sinken. »Wir finden eine andere Lösung. Wir …«

»Nein«, erwidert die Königin. »Ich vertraue auf Thierrys Urteil.«

»Thierry weiß nicht einmal selbst, was er tut!«

»Ich habe mir das durchaus überlegt«, beteuert er, klingt aber unsicher.

Orianne schüttelt den Kopf und wirft der Königin einen flehenden Blick zu. »Ich kann dein Schicksal nicht dieser Mörderin anvertrauen! Sie hat meinen Leuten so viel Schaden zugefügt. Ich war beim Kloster, nachdem sie geflohen ist. Ich habe gesehen, was sie angerichtet hat. An ihren Händen klebt so viel Zauberweberblut. Ich will nicht, dass deins hinzukommt.«

Da ist eindeutig Verzweiflung in ihrer Stimme. In welcher Beziehung sie wohl zur Königin steht? Sie spricht sie so direkt an, als wären sie Freundinnen. Die königliche Zauberweberin ist sie jedenfalls nicht. Zum Rat scheint sie auch nicht zu gehören, was also tut sie im Schloss? Sorgt sie wie eine magische Zofe dafür, dass die Herrscherin immer frisch aussieht, so wie sie das bei mir vorhin getan hat?

»Wenn ihr Leben dir irgendetwas bedeutet, wirst du das akzeptieren«, erwidert Thierry.

Jetzt gleicht Orianne einer rebellischen Tochter, die von ihrem Vater getadelt wurde. Obwohl ich ihr wahres Alter nicht einschätzen kann, wirkt sie in ihrem Verhalten jung und ungezügelt.

»Ich glaube an dich«, sagt die Königin zu Thierry. Dann sieht sie wieder mich an, beinahe neugierig. Als wüsste sie nicht, wo sie mich bei alldem einordnen soll.

»Ich werde alles tun, was ich kann«, gelobe ich. »Wenn Ihr mir versprecht, Euch um meine Schwester zu kümmern.«

Sie nickt. »Von dieser Bedingung hat Thierry mir erzählt. Ich akzeptiere sie.«

»Ihr versprecht es?«

»Das tue ich. Und ich halte mein Wort.«

Jedem anderen hätte ich das nicht ohne Weiteres geglaubt, aber die Versprechen einer Königin haben Gewicht. Sie ist keine Zauberweberin, die andere für ihre Zwecke täuscht.

Orianne verzieht das Gesicht und wendet sich Thierry zu. »Hast du überhaupt darüber nachgedacht, wie du zur Quelle gelangen willst?« Sie mustert seine Hand. »Du kannst unmöglich eine Passage zum südlichen Ende des Landes öffnen. Es überrascht mich, dass du es überhaupt von Pontilliard bis hierher geschafft hast. Wie willst du noch mal dieselbe Entfernung schaffen?«

Thierry vergräbt seine Hände in den Taschen seiner Robe. »Ich werde mich so nah heranwagen, wie es meine Kräfte zulassen.«

»Danach wird deine Magie erschöpft sein«, warnt sie ihn. »Wenn es zu Problemen kommt …«

»Muss ich mich auf sie verlassen.« Als er mich ansieht, wirkt er unglücklich.

Ich werfe ihm ein zuckersüßes Lächeln zu. Jemandem zu vertrauen, den er selbst schamlos hintergangen hat, fällt ihm sicher schwer. Tatsächlich würde ich ihn liebend gern in den Wind schießen, aber für Sophie reiße ich mich zusammen. Ich will nicht, dass sie in einer Welt voller Schatten und Bösartigkeit leben muss. Früher habe ich sie enttäuscht, doch das wird jetzt anders. Vielleicht war mein Leid der letzten Jahre am Ende nicht völlig umsonst.

»Warum lässt du nicht sie eine Passage öffnen?«, frage ich Thierry und deute auf Orianne.

»Orianne könnte nicht einmal eine Passage von hier bis ins Nachbarzimmer erschaffen.«

Die Zauberweberin läuft rot an und sieht zu Boden. »Herzlichen Dank.«

Thierry sieht aus, als könnte er ihre Scham nicht nachvollziehen. »Es stimmt doch. Du hast dieses Talent eben nie entwickelt.«

Dieser Mann versteht es, Salz in offene Wunden zu schütten. Aber so ist er eben. Er hat noch nie die Wahrheit zurückgehalten, weil sie unbequem ist. Zumindest war das so, bevor er mich verraten hat.

»Großartig«, murmele ich. »Warum fragen wir nicht einen anderen Zauberweber?«

»Derjenige, der die Passage öffnet, muss in der Regel auch hindurchgehen, sonst bricht sie von innen heraus zusammen«, erklärt Thierry. »Hier werden wir allerdings niemanden finden, der das für uns tun würde.«

»Weil deine Leute keine Ahnung von deinem tollen Plan haben?«

»Exakt.« Er holt seine Hände wieder hervor und fährt sich durchs Haar. »Die meisten Zauberweber sind dem Rat gegenüber loyal. Sie würden dich mit großer Wahrscheinlichkeit zurück zum Gefängnis bringen und mich gleich mit einsperren, ganz egal, was ich ihnen sage. Ich kann mich in dieser Angelegenheit nur auf mich selbst verlassen.«

Ich atme tief ein und wieder aus. Das klingt wunderbar. Ich muss einen gefürchteten Fluchweber bezwingen, den man seit einem Jahrhundert nicht töten kann. Dazu muss ich mit einem Mann zusammenarbeiten, der meine Gefühle ausgenutzt hat, um mich in eine Falle zu locken. Außerdem ist er kaum für Kämpfe zu gebrauchen, weil sein rachsüchtiger Kollege ihm einen Bannzauber aufgedrückt hat. Hört sich absolut nicht an, als könnte irgendetwas schiefgehen.

Ich stöhne auf. »Hierfür werde ich eindeutig nicht gut genug beza…«

Die letzte Silbe verliert sich im Raum, als jemand die Tür aufreißt. Ein junger Mann in Rüstung stürmt herein. Seine schweren Eisenstiefel scheppern über den Boden.

»Majestät!«, ruft er und bleibt atemlos vor der Königin stehen. Verwirrt sieht er in die Runde, von einer Person zur nächsten, doch an mir bleibt sein Blick hängen. Seine Miene erstarrt.

Er weiß, wer ich bin. *Was* ich bin.

Über mich gibt es eine Menge Gerüchte, was mir zu zweifelhafter Berühmtheit verholfen hat. Niemand hat eine Augenfarbe wie meine. Zumindest kein Mensch.

»Ich hoffe, du hast einen triftigen Grund dafür, dass du ohne meine Erlaubnis hereinplatzt«, sagt die Königin in einer Art und Weise, als müsste der Mann um sein Leben fürchten.

Er schluckt. Obwohl er sich Mühe gibt, mich nicht mehr anzustarren, gelingt ihm das eher schlecht als recht. »Die Stadt, sie … wird angegriffen.«

»Was?«, entfährt es der Königin. »Von wem?«

»Einer Gruppe Verfluchter, Hoheit. Sie haben sich vor den Toren versammelt. Das tun sie sonst nicht, vor allem nicht um diese Tageszeit. Irgendetwas scheint sie zu lenken.«

»Wohl eher *jemand*«, murmele ich.

Thierry nickt neben mir. »Gauthier.«

Der Soldat sieht die Königin ratlos an. »Was sollen wir tun?«

»Informiert die Zauberweber. Sie sollen sich um das Problem kümmern. Haltet mich auf dem Laufenden. Ich will wissen, wenn sich die Situation verschlimmert.«

Ein paar Verfluchte sind offenbar kein Grund zur Beunruhigung. Aber was, wenn Gauthier persönlich auftaucht? Davide meinte, er habe vor, die Königin zu töten und den Rat auszulöschen. Will er sich etwa selbst zum Herrscher von Saintoux krönen? Was ist sein Ziel?

Orianne marschiert auf den Soldaten zu und presst ihm ihre Hand ins Gesicht. Grelles Licht dringt aus ihren Fingern. »Du wirst vergessen, dass du das Schattenmädchen gesehen hast, sobald du den Raum verlässt«, sagt sie in einem Singsang. »Du hast nur die Königin, ihre Beraterin und ihren Zauberweber gesehen.«

Als sie ihn loslässt, blicken seine Augen in die Ferne. »Ich habe … nicht das Schattenmädchen … gesehen … nur die Königin … ihre Beraterin … Zauberweber.«

Er spricht, als hätte er einen Schlag auf den Kopf bekommen. Seine Worte beantworten mir meine frühere Frage nach Oriannes Position. Sie ist die Beraterin der Königin.

Wie in Trance stolpert der Soldat aus dem Zimmer und schließt die Tür hinter sich.

»Du hast seine Erinnerungen manipuliert«, meine ich schockiert.

Diese Tatsache beunruhigt mich. Ganz ohne schwarze Magie kann sie in den Kopf eines anderen Menschen eindringen. Ich bekomme eine Gänsehaut, wenn ich nur daran denke.

»Es war nötig«, beharrt sie. »Wenn er dem Rat hiervon erzählt hätte …« Sie sieht die Königin an. »Die anderen werden darauf bestehen, dass du dich opferst, sobald Gauthier sich zeigt. Falls sie von Thierrys Plan erfahren, werden sie das vielleicht noch früher fordern.«

In ihren Gesichtszügen zeigt sich aufrichtige Sorge. Sie hat Angst. Angst um ihre Königin.

»Gut gemacht«, lobt Thierry sie. »Kommt ihr zurecht, solange wir weg sind?«

Orianne nickt. »Wir versuchen, die Lage im Griff zu behalten und dir so viel Zeit wie möglich zu verschaffen. Was auch passiert, ich werde verhindern, dass der Rat – oder Gauthier – unsere Königin bekommen. Ich werde sie nicht opfern.«

Ein ernster Ausdruck tritt in Thierrys Miene. »Das musst du auch nicht.«

»Hoffentlich behältst du recht. Lass es mich nicht bereuen, dir vertraut zu haben.«

Das wirst du vielleicht schon sehr bald tun. So wie ich es getan habe.

Sie setzt all ihre Hoffnungen in Thierry, obwohl es ihr schwerfällt. Weil sie verzweifelt ist. Weil es keinen anderen Weg gibt. Es sieht aus, als würde sie sich selbst dafür hassen, dass sie nicht nützlicher sein kann, und darum habe ich fast Mitleid mit ihr. Ich weiß, wie es sich anfühlt, wenn einem die Hände gebunden sind und man zusehen muss, wie die Leute zugrunde gehen, die einem etwas bedeuten.

Thierry wendet sich mir zu. »Uns läuft die Zeit davon. Wir sollten gehen.«

»Bitte sag mir, dass du weißt, was du tust.«

Er lächelt gequält. »Ich dachte mal, ich täte es.«

»Das ist genau die Antwort, die man hören will, wenn alles um einen herum zusammenbricht.«

Sein Lächeln schwindet. »Ich wünschte, ich könnte dir hoffnungsvollere Worte geben.«

Ich seufze. »Gib mir einfach eine Passage, die mich nicht in Stücke reißt. Das wäre für den Anfang genug.«

»Du bist diejenige, die unbedingt mit der Königin sprechen wollte. Das Schloss lag zwar auf dem Weg, aber es hätte nicht sein müssen.«

Auch wieder wahr.

»Danke«, erwidere ich ehrlich. »Das war mir wichtig.«

Er nickt, und für einen Moment könnte ich schwören, dass die alte Zuneigung in seinen Augen aufflackert. Vielleicht bilde ich mir das aber auch nur ein, denn kurz darauf schließt er seine Augen und erschafft unter höchster Konzentration eine silbern leuchtende Passage, die hin und her zuckt. Einladend sieht anders aus.

»Pass auf meinen Zauberweber auf, Schattenmädchen«, höre ich die Königin hinter mir sagen.

Ich wende mich ihr zu. »Im letzten Jahr habe ich jeden Tag davon geträumt, ihm den Hals umzudrehen. Ich würde nie zulassen, dass jemand mir dieses Vergnügen abnimmt.«

Sie beobachtet mich mit aufrichtigem Interesse. »Ich habe viel von dir gehört, Alienor Mercier.«

»Und? Haben Euch die Schauermärchen gefallen?«

Sie faltet die Hände vor ihrem Körper. »Ich dachte, ich wüsste alles über dich. Vielleicht beweist du mir ja das Gegenteil.«

Orianne liegt etwas auf der Zunge, aber sie schürzt die Lippen und hält sich davon ab, einen Kommentar abzugeben. Stattdessen sieht sie demonstrativ zu Boden.

»Komm«, ruft Thierry. »Wir müssen los.«

Ich drehe mich um und starre die Passage missmutig an. »Unglaublich, dass ich ausgerechnet dir zweimal am Tag durch so ein Ding folge.«

»Es gab eine Zeit, in der du das freiwillig getan hast.«

»Der Anlass war verlockender.«

Ich habe mich an ihn geklammert, während er uns von draußen in sein warmes Zimmer brachte, ohne dass jemand uns dabei gesehen hat. Bin lachend mit ihm auf sein Bett gefallen und habe ihm die Haare aus dem Gesicht gestrichen. Habe ihn geküsst, bis der Schwindel nachgelassen hat. Vielleicht denkt er gerade daran. Vielleicht ist er genauso schwach wie ich.

»Mag sein.«

Als Thierry mir seine Hand anbietet, ergreife ich sie zögerlich. Ihn zu berühren ist seltsam, weil ich mich nicht entscheiden kann, was ich für ihn empfinde. Einerseits lastet sein Verrat schwer, andererseits ist da dieses altbekannte Kribbeln, das mich durchströmt, wenn ich seine vertraute Wärme spüre. Egal wie wütend und enttäuscht ich bin, diese Sehnsucht wird nie verschwinden.

Wir treten gemeinsam ins Licht, und ich hoffe, er lässt mich nicht los. Ich will nämlich nicht herausfinden, was es heißt, sich in einer magischen Passage zu verlieren.

KAPITEL 7

IM WALD

Innerhalb von Sekunden verwandelt sich mein Lebenswille in einen Todeswunsch. Die Passage flackert, Blitze schießen von links nach rechts. Hell, dunkel, hell, dunkel. Ein tosender Wind fegt um uns herum. Ich klammere mich an Thierrys Hand, weil ich fürchte, ich könnte auseinanderfallen, wenn ich loslasse. Wieder lastet dieser furchtbare Druck auf mir, so als läge ich unter einem riesigen Felsbrocken begraben. Gleichzeitig zerrt etwas an meinem Körper, was mir das Gefühl gibt zu fliegen. Nach oben in unendliche Weiten, dann wieder nach unten in bodenlose Tiefen.

Meine Hand zittert unkontrolliert. Obwohl ich mich schwach wie nie fühle, halte ich Thierry weiter fest und reiße mich zusammen. Von Magie werde ich mich nicht umbringen lassen.

Kurz darauf wird es hell und der Druck lässt nach. Ich lande auf einem harten Untergrund, ein Ruck geht durch meinen Körper. Der Geruch von Gras und feuchtem Erdboden dringt mir in die Nase, während winzige Regentropfen meine Hände benetzen.

Schmerz pocht durch jeden einzelnen meiner Muskeln. Ein Ächzen entrinnt meiner Kehle, als ich die Augen öffne. Ich liege auf einer Wiese neben einem Feld, auf dem unzählige rosarote Herbstveilchen blühen. Ein unbefestigter Weg führt durch die Landschaft bis zu einem Wald in der Ferne. Die Wolken am Himmel sind dunkler als über Beaucourt und versprechen einen noch stärkeren Regenschauer.

»Nicht ganz so nah, wie ich gehofft hatte«, murrt Thierry neben mir.

Ich sehe ihn an. »Du weißt, wo wir sind?«

Er richtet sich auf und klopft sich den Schmutz von der Robe. »Seragne-Region. An der nördlichen Grenze.«

»Was?«

Sofort springe ich auf. Mein Herz klopft wie wild, während ich den Blick schweifen lasse. Vielleicht hätte ich es erkennen müssen, doch sogar jetzt kann ich es kaum glauben.

»Aber das ist bei Paysigny …«, murmele ich.

Paysigny ist meine Heimatregion. Ich stamme aus einem Dorf im Süden – Roivance –, einem hübschen, sehr ländlichen Fleck Erde am Rande eines Fichtenwaldes. Unweit der Grenze zu Seragne.

Thierry nickt wortlos, und an seiner Miene erkenne ich, was ich bereits befürchtet habe.

»Die Quelle«, entfährt es mir. »Sag mir, dass sie nicht dort ist …«

Er schweigt. Doch alles, was ich wissen muss, sehe ich in seinem Gesicht. Mitleid. Bedauern. Thierry mag mich für meine angeblichen Taten verabscheuen, aber er ist kein Unmensch und weiß, wie sehr mich diese Erkenntnis trifft.

»Es tut mir leid, Alienor.«

Diese Aufrichtigkeit in seiner Stimme. Ich gehe in die Knie und verharre einige Augenblicke in dieser Position, starre die Veilchen an, die im starken Kontrast zu ihrer grauen Umgebung stehen.

Die Quelle befindet sich in der Nähe meines Heimatdorfes. Eigentlich hätte mich diese Tatsache kaum überraschen dürfen, denn ich habe gewusst, dass diese Möglichkeit besteht, seit ich Thierry kenne.

Wir sind uns dort zum ersten Mal begegnet. Er ist mir in unserer Dorfschenke aufgefallen, in der ich gearbeitet habe. Ein gut aussehender Zauberweber, geheimnisvoll und auf eine ganz andere Art faszinierend als die jungen Männer, die ich bis dahin kennengelernt hatte. Ich wollte seine Aufmerksamkeit erregen, also habe ich meinen Charme spielen lassen. Was normalerweise bei meinen Auserwählten klappte, funktionierte bei ihm nicht. Er wies mich ab, ohne mit der Wimper zu zucken. Trotzdem zog mich etwas an ihm in seinen Bann.

Dieser klare, zielgerichtete Blick und die stolze Haltung. Als würde er seinen Platz in der Welt genau kennen.

Erst später kamen wir uns richtig nahe. Da fand ich dann auch heraus, warum er sich überhaupt in meinem Dorf aufhielt. Er wollte eine magische Anomalie untersuchen. Im ganzen Land gab es eine Handvoll davon, und er meinte, es sei wahrscheinlich, dass der Schattenfluch das nächste Mal an einem dieser Orte ausbrechen würde. Dennoch fällt es mir schwer zu akzeptieren, dass es ausgerechnet meine Heimat getroffen hat.

»Warum hast du mir das nicht gleich gesagt?«, frage ich.

»Ich weiß es nicht.«

Das glaube ich ihm nicht. Er hat auf alles eine Antwort, auch wenn sie nicht immer schön ist.

Ich schlucke die Tränen hinunter, die meinen Hals hinaufkriechen. Eigentlich verbindet mich nichts mehr mit diesem Dorf. Sophie ist vor langer Zeit fortgegangen, unsere Mutter ist bei meiner Geburt gestorben und Vater schert sich nicht um mich. Unser Verhältnis ist zerrüttet, vielleicht schon seit ich das Licht der Welt erblickt und ihm seine einzige Liebe genommen habe. Trotzdem sind mir die Leute in meiner Heimat wichtig. Ich werde immer zu ihnen gehören. Die Anomalie war nicht unmittelbar beim Dorf, aber ich habe Geschichten darüber gehört, was mit den Orten in der Umgebung der Quelle passiert. Schlimme Geschichten. Hoffentlich konnten so viele Leute wie möglich fliehen.

»Hat man die Bewohner gewarnt?«

Thierry nickt. »Ja. Ich hoffe nur, sie haben diese Warnung auch ernst genommen.«

Ich lasse die Schultern sacken. Die Menschen auf dem Land sind misstrauisch, vor allem gegenüber Zauberwebern. Sie wissen zwar um den Schattenfluch, der war jedoch immer weit weg und nie lange genug aktiv, damit die Leute sein volles Ausmaß zu Gesicht bekommen hätten. Was, wenn sie die Warnung ignoriert haben?

»Der Wächter könnte also jemand sein, den ich kenne?«

»Das weiß ich nicht. Wir haben die Quelle nie erreicht, deshalb wissen wir nicht, wen Gauthier ausgewählt hat und ob diese

Person aus der unmittelbaren Nähe der Quelle stammen muss. Dank unserer Recherchen haben wir nur Kenntnis von der Existenz eines Wächters.«

Wie soll ich diesen Wächter besiegen, wenn es jemand ist, den ich kenne? Allein der Gedanke bereitet mir Unbehagen. Es könnte eine meiner früheren Freundinnen sein. Ein Junge, den ich mal gemocht habe. Die Nachbarin von damals. Irgendeine freundliche Person, an deren Lächeln ich mich erinnere. Wie könnte ich gegen jemanden kämpfen, den ich im Herzen trage?

»Wir müssen weiter«, drängt Thierry sanft. »Nutzen wir den Tag, solange wir können. Bis zur Quelle ist es ein weiter Weg, und ich rate davon ab, nachts den Wald zu durchqueren.«

Ich reiße die Augen auf. »Den Wald durchqueren? Das kannst du nicht ernst meinen.«

Ich sehe zu dem weitläufigen Wald hinüber, dessen Nadelbäume wie dunkle Türme in die Höhe ragen. In Wäldern hausen die *Verfluchten*. Jene, die man nicht mehr retten, sondern nur noch von ihrem Schicksal erlösen kann. Leider hatte ich schon die eine oder andere Begegnung mit ihnen, und keine davon war besonders angenehm. Manche behaupten, Verfluchte seien Abenteurer, die in den Wäldern ums Leben gekommen sind und durch die Magie des Fluchs vom Tod zurückgeholt wurden. Vielleicht stimmt das. Aber ich weiß, dass man nicht sterben muss, um einer von ihnen zu werden.

»Es ist der schnellste Weg«, meint Thierry. »Wenn wir den Straßen im Umkreis folgen, sind wir deutlich länger unterwegs. Das können wir uns nicht leisten. Der Rat wird alles daransetzen, die Königin zu opfern, wenn Gauthier in der Hauptstadt auftaucht oder die Lage außer Kontrolle gerät. Ihnen wäre es lieber, zehn weitere Jahre nach einem Weg zu suchen, ihn zu besiegen, als gegen ihn zu verlieren.«

Mit einer gehörigen Portion Skepsis beobachte ich den Wald. Darin lauert dieselbe Finsternis, die auch durch meine Adern strömt.

»Was ist, wenn wir uns Pferde leihen?«, frage ich. »Damit dürften wir bedeutend schneller sein.«

Er schüttelt den Kopf. »Das sind hochsensible Tiere. Ist der Schattenfluch einmal ausgebrochen, geht es mit ihnen durch, sobald sie auch nur in die Nähe der Quelle kommen. Eine schmerzhafte Erfahrung, die ich bereits selbst machen musste.«

Das lässt mich unfreiwillig schmunzeln. Zu gern hätte ich gesehen, wie der berühmte Thierry Poitiers von einem Pferderücken in den Dreck fällt.

»Du hast hoffentlich einen Plan, falls wir dort angegriffen werden.«

»Ich werde damit fertig«, behauptet er selbstsicher.

Natürlich denkt er das, schließlich ist er ein Zauberweber. Aber seine Kräfte sind ebenso blockiert wie meine, deshalb überzeugen mich seine Worte nicht. Obwohl ich sein absolutes Vertrauen in sich und seine Fähigkeiten von Anfang an reizvoll fand, wünschte ich, er wäre in dieser Situation weniger arrogant. Wer sich eine imaginäre Krone auf den Kopf setzt und erwartet, dass die Welt sich vor ihm verbeugt, wird früher oder später für seinen Hochmut bezahlen.

Mehr als ein Achselzucken bringe ich nicht zustande. »Du hast es so gewollt.«

Ich begebe mich an Thierrys Seite und wir brechen Richtung Wald auf. Als wir darauf zugehen, breitet sich ein unheilvolles Gefühl in meiner Magengegend aus. Es ist, als würde ich bis in die Knochen spüren, welcher Schrecken sich an diesem Ort verbirgt. Ich bin schon durch Wälder gestreift, um mich vor Zauberwebern zu verstecken, aber noch nie habe ich die schwarze Magie des Fluchs so deutlich gespürt.

Zweige knacken unter meinen Stiefeln und der weiche Boden federt mein Körpergewicht ab. Ich liebe den Duft des Waldes. Die Bäume, die feuchte Rinde und den herben Geruch in der Luft. Aus der Erde sprießen Pilze, umringt von braun verfärbten Nadeln, die bei jedem Schritt knirschen. Aber die friedliche Idylle dieses Waldes täuscht.

Ein eisiges Prickeln breitet sich auf meiner Haut aus, als wäre der kalte Wind unter meine Kleidung geschlüpft. Ich bleibe stehen und starre zwischen den zahlreichen Bäumen hindurch.

»Sie sind hier«, murmele ich. »Irgendwo tiefer im Wald.«

»Wer?«

»Verfluchte.«

Thierry sieht mich fragend an. »Woher weißt du das?«

»Ich spüre sie. Ihre genaue Position kann ich nicht bestimmen, aber ich bin mir ihrer Anwesenheit bewusst.«

»Können wir sie umgehen?«

»Wir können es versuchen. Leicht wird das allerdings nicht, hier treiben sich eine Menge von ihnen herum.«

Erschwerend kommt hinzu, dass ich in Begleitung eines nutzlosen Zauberwebers bin. Normalerweise würden mir die Schatten unter seinen silbergrauen Augen eine diebische Freude bereiten, doch jetzt hängt mein Leben an seinem Zustand.

»Fürchtest du dich?«, fragt er unvermittelt.

Ich lächle bitter. Man sollte meinen, jemand wie ich hätte keine Angst mehr vor dem Tod. Doch das stimmt nicht.

»Natürlich«, gebe ich zu. »Sie sind das, wozu auch ich hätte werden können, wenn nicht irgendein seltsamer Zufall es verhindert hätte. Ich werde mich immer davor fürchten, am Ende nicht mehr zu sein als das, was aus allen anderen wurde.«

Es ist nie schön, dem Ungeheuer in die Augen zu sehen, das irgendwo tief im eigenen Herzen lauert. Wenn es nach den meisten Menschen geht, bin ich nicht besser als die Verfluchten. Vielleicht sogar schlimmer.

Wir setzen unseren Weg schweigend fort. Thierry scheint sich gut auszukennen und ein Gefühl dafür zu haben, in welche Richtung wir gehen müssen. Ich bleibe dicht hinter ihm, für den Fall, dass sich aus einem Winkel dieses Waldes ein Verfluchter auf uns stürzt. Mein Orientierungssinn war noch nie der beste. Nach allem, was ich weiß, könnten wir also auch im Kreis rennen. Je tiefer man in einen Wald läuft, desto mehr gleicht sich die Szenerie. Die Bäume stehen dichter beieinander, die Sträucher werden höher und jedes noch so kleine Geräusch lauter.

Obwohl ich keiner dieser schattenverseuchten Kreaturen begegnen will, hofft ein kleiner Teil von mir paradoxerweise, dass wir es tun. Ich starre auf meinen Handrücken, auf die Rose, die Thierry mit seinem Bannzauber eingebrannt hat. Sosehr mich die finstere Magie in mir auch anwidert, ihre Macht lockt mich noch immer, und vielleicht macht mir das sogar mehr Angst als meine verwirrenden Gefühle.

KAPITEL 8

BLUTDIEBIN

Wir haben bereits einen längeren Fußmarsch hinter uns, als wir zu einer Lichtung gelangen, über der eine unheimliche Stille liegt. Das kalte Prickeln, das meinen Rücken hinaufkriecht, wird mit jedem Schritt unangenehmer. Irgendetwas stimmt hier nicht.

»Halt«, rufe ich Thierry zu, bevor er sich zu weit auf die Lichtung wagt. »Bleib stehen!«

Trotz des Tageslichts schwebt eine eigenartige Düsternis über diesem Ort, ein zarter Schleier, der in den Baumkronen hängt und nicht vom Nieselregen stammt. Das ist kein gewöhnlicher Nebel. Überall hängt dunkle Magie in der Luft. Sie ähnelt meiner eigenen, lässt mein Blut vibrieren, als folge es ihrem Rhythmus. Je länger wir an diesem Ort verweilen, desto stärker nehme ich sie wahr, kann sie sogar sehen. Ob es nur mir so geht? Falls Thierry etwas davon mitbekommt, lässt er es sich nicht anmerken.

Er hält an und wirft mir einen irritierten Blick zu. »Was ist los?«

Ich mache einige Schritte nach vorn und sehe mich um. »Bleib hinter mir.«

Aus der Dunkelheit zwischen den Bäumen nehme ich ein vertrautes Zischen wahr, begleitet von Blätterrascheln und knackenden Ästen. Am Rande der Lichtung bewegt sich etwas. Oder *jemand.* Ich spanne sämtliche Muskeln an. Die schwarze Magie in mir sträubt sich wie ein Tier, das provoziert wird.

»Sie sind hier«, warne ich Thierry.

Früher oder später musste es zu dieser Situation kommen. Sie spüren meine Anwesenheit genauso wie ich ihre, und jetzt haben sie mich gefunden. Ich richte meine Aufmerksamkeit auf eine Stelle einige Meter voraus. Eine Gestalt tritt aus den Schatten der Bäume und bewegt sich mit schwerfälligen Schritten auf mich zu. Hinter ihr folgen zwei weitere, und falls mein Gefühl mich nicht täuscht, lauern noch mehr in der Finsternis.

Ich presse die Lippen aufeinander. Je näher sie kommen, desto besser erkenne ich sie. Ein letzter Rest Kleidung hängt an ihren sehnigen Körpern herab wie ein Überbleibsel vergangener Zeit. Ihre Fingernägel sind lang und verdreckt wie Klauen, mit denen sie auf Beutezug gehen. Die Lippen sind bleich und ihre Haut beinahe weiß, als wären sie bereits tot. Der Verfluchte, der mir am nächsten ist, reißt seine Augen weit auf. Sie haben dieselbe Farbe wie meine, doch die Pupillen sind kaum mehr als raubtierhafte Schlitze. Er muss sehen, was ich bin. Muss es fühlen, denn wir teilen dasselbe von Magie verdorbene Blut.

Immer mehr Verfluchte strömen aus dem Wald hinter der Lichtung. Fünfzehn, vielleicht sogar zwanzig von ihnen. Manche sind einmal Männer gewesen, andere Frauen, doch jetzt sind sie alle dasselbe – Opfer des Fluchs. Zu tief in der Dunkelheit, um je gerettet zu werden.

Ein einzelner Verfluchter bahnt sich seinen Weg durch die Reihen der anderen. Er trägt eine Krone aus Zweigen auf dem Kopf, offensichtlich ihr Anführer. Während er mir entgegentritt, zieht sich der Rest seiner Gruppe zurück. Trotzdem bleiben sie in der Nähe der Bäume und beobachten das Geschehen.

Der Anführer stößt ein Zischen aus. Immer und immer wieder gibt er denselben Laut von sich, während seine unmenschliche Miene von Zorn gezeichnet ist.

»Ich habe euer verfluchtes Blut nie gewollt!«, rufe ich.

»Sie können sprechen?«, fragt Thierry hinter mir.

»Ja. Sie kommunizieren miteinander.«

Sie mögen Ungeheuer sein, für die es keine Wiederkehr zu ihrem menschlichen Dasein gibt, aber sie sind nicht ohne Intellekt.

»Und du kannst verstehen, was sie sagen?«

»Meistens.«

Das kann ich, seit ihr Blut und dessen Magie ein Teil von mir geworden sind. Ich verstehe nicht warum, aber wenn ich das Zischen höre, nehme ich die Bedeutung dahinter wahr.

Wieder stößt der Anführer denselben Laut aus wie zuvor.

»Was sagt er?«, will Thierry wissen.

»Ich würde es mit ›Blutdiebin‹ übersetzen.«

Um das *Schattenmädchen* zu werden, wie die Zauberweber mich liebevoll getauft haben, wurde mir das Blut eines Verfluchten eingeflößt. Die Ungeheuer vor uns können spüren, dass es in meinen Adern fließt, und sie halten es für falsch, weil ich keine von ihnen bin. Nicht wirklich jedenfalls. Ich habe Kräfte, die sie nicht besitzen. Während der Fluch sie verdorben hat, bin ich immer noch menschlich und mächtiger als zuvor. Deshalb hassen sie mich. Im Gegensatz zu ihnen muss ich mich nicht in der Dunkelheit verkriechen und auf den Ausbruch des Fluchs warten. Ich bin alles, was sie sein wollen, aber nicht sein können.

»Wir müssen nicht kämpfen!«, rufe ich.

Der Anführer bleckt die Zähne. Als wäre er ein Hund, der jeden Moment auf mich losgeht.

»Können sie dich auch verstehen?«, fragt Thierry angespannt.

»Gute Frage.«

Bisher hatte ich nicht den Eindruck. Falls ja, müssten sie jeden Menschen verstehen, also bezweifle ich es. Verfluchte greifen ohne Zögern jeden an, der sich in die Nähe ihres Territoriums verirrt.

Blutdiebin, zischt der Anführer erneut.

Die anderen Verfluchten stimmen mit ein, wiederholen das Wort in einer Art Schlachtgesang.

»Das könnte jetzt ziemlich schnell ziemlich hässlich werden«, warne ich Thierry.

Er tritt neben mich, hebt den Arm und lässt eine zuckende Flamme über seiner Handfläche erscheinen.

Ich starre ihn verwirrt an. »Was tust du da?«

»Uns den Weg frei machen.«

»Du kannst sie nicht allein bekämpfen! Hast du gesehen, wie viele das sind?« Ich schüttele fassungslos den Kopf. »Du bist zu erschöpft, um gegen sie alle zu bestehen!«

Falls er Bedenken hat, lächelt er sie siegessicher weg. »Machst du dir etwa Sorgen um mich?«

»Ich mache mir vor allem Sorgen um *mich*«, stelle ich klar. »Ich bin nämlich die Leidtragende, wenn du feststellst, wie sehr du dich überschätzt hast. Du musst das Siegel lösen. Jetzt.«

Er starrt eine Weile geradeaus, ohne zu antworten. Der Anführer kommt zischend näher, Schritt für Schritt, bis er das Zentrum der Lichtung erreicht. Hinter ihm strömen immer mehr Verfluchte aus dem Wald. Eine so große Gruppe ist mir noch nie begegnet.

»Ich werde das Siegel nicht lösen.«

Dieser arrogante Mistkerl.

Er lässt die Flamme in seiner Hand zu einem Feuerball heranwachsen und schleudert ihn auf den Anführer, der dem Angriff ausweicht, indem er zur Seite springt.

»Klasse Treffer, du Genie«, schnaube ich.

Ein Blick auf Thierry verrät mir, warum er ihn verfehlt hat. Ihm steht der Schweiß auf der Stirn und er atmet schwer, weil es ihn zu sehr erschöpft hat, die Passage zu öffnen. Absurderweise glaubt er trotzdem, das Unvermeidliche abwenden zu können.

Der Anführer stößt einen markerschütternden Schrei aus, der über die gesamte Lichtung hallt und mir eine Gänsehaut verpasst. Daraufhin strömt der Rest der Gruppe aus dem Wald. Ich bewege hektisch den Kopf hin und her, in dem Versuch, sie zu zählen. Grundgütiger, das müssen mindestens fünfundzwanzig von denen sein. Zu viele für einen geschwächten Zauberweber.

»Sei vernünftig!«, brülle ich Thierry an. »Lass mich das erledigen!«

»Nein.«

Die Verfluchten rennen auf uns zu. Manche umklammern mit ihren klauenartigen Händen Waffen, andere schreien, als hätten sie vor, uns ohne Hilfsmittel in Stücke zu reißen.

Dieser verdammte eingebildete Zauberweber. Er wird uns beide mit seinem Stolz umbringen, wenn er das Siegel nicht löst!

Als wäre er nicht kurz davor, in Ohnmacht zu fallen, schleudert er weitere Feuerbälle auf unsere Gegner. Manche von ihnen trifft er tatsächlich. Sie gehen in Flammen auf, als bestünden sie aus Brennholz. Je mehr magisches Feuer Thierry allerdings erschafft, desto geschwächter sieht er aus. Was er macht, ist gefährlich, und ich hasse es, wie nutzlos ich in dieser Situation bin. Hätte ich eine Waffe, könnte ich wenigstens kämpfen und all die Fechtstunden würden sich bezahlt machen. So bleibt mir jedoch nichts anderes übrig, als Distanz zu wahren.

Bevor die Verfluchten uns erreichen, erschafft Thierry eine Wand aus Feuer, die uns von ihnen trennt. Sie halten vor den Flammen inne und stoßen ein Zischen aus, in dem Wut und Angst mitschwingen. Thierry geht in die Knie und starrt mit schmerzverzerrtem Gesicht auf den Feuerwall. Es kostet ihn sein letztes bisschen Kraft, diesen Zauber aufrechtzuerhalten.

»Was tust du da?«, schreie ich.

»Uns schützen.«

Er beißt die Zähne zusammen. Hinter dem Feuer wird das Zischen der Verfluchten immer lauter. *Tot, tot, tot.* Dieses Wort rufen sie mit Abstand am häufigsten. Kein Wunder.

»Uns schützen?«, wiederhole ich ungläubig. »Du bringst uns wohl eher um, weil du dir nicht eingestehen kannst, dass du meine Hilfe brauchst!«

»Ich schaffe es auch ohne dich«, beharrt er, doch sein Keuchen straft ihn Lügen.

»Hör endlich auf, den unbesiegbaren Zauberweber zu spielen!«

»Ich habe mehr Kraft, als du denkst.«

»Du hast vor allem weniger Verstand, als ich dachte«, erwidere ich aufgebracht. »Wovor hast du Angst?«

Er hebt den Kopf und starrt mich an. Erschöpfung liegt über seinen makellosen Gesichtszügen, doch sein Blick hält meinen fest.

Vor dir, sagen seine Augen.

Tief in meinem Herzen tut diese Erkenntnis weh. Wenn fremde Leute ein Ungeheuer in mir sehen, trifft mich das kaum. Aber Thierry und ich haben uns einmal nahegestanden, haben einander vertraut wie niemandem sonst, also sollte er es besser wissen. Das hier ist bloß weder der richtige Ort noch die richtige Zeit für verletzte Gefühle, also schüttele ich lediglich den Kopf.

»Ich bringe dich nur vielleicht um. Die werden es definitiv tun. Deine Wahl.«

Er wendet sich von mir ab und streckt beide Arme nach vorn. Die Flammenwand wird breiter, drängt die Verfluchten zurück, doch das wird sie nicht für immer aufhalten.

Seine Sturheit macht mich fertig. Er kann wohl kaum den ganzen Wald abfackeln, wie will er uns also auf diese Art beschützen? Ich habe gesehen, was mit Zauberwebern geschieht, die ihre Kräfte aufbrauchen. Sie werden so schwach, dass sie vor Erschöpfung das Bewusstsein verlieren. Wenn das passiert, kann er das Siegel nicht mehr lösen und wir werden sterben. Das lasse ich auf keinen Fall zu.

Ich stürze mich auf Thierry und werfe ihn zu Boden. Bevor er sich aufrappeln kann, halte ich seine Handgelenke fest. Die Hitze der Flammenwand wird schwächer, weil er sich jetzt auf mich konzentriert statt auf sie.

»Jetzt hör mir zu, du verdammter Narr«, schreie ich ihn an. »Ich werde nicht dabei zusehen, wie du uns beide umbringst. Du kannst mich gern bekämpfen, aber ich bezweifle, dass du noch die Kraft dafür hast. Wartest du nur eine Minute länger, werden sie uns töten!«

Er starrt mich schockiert an. Seine plötzliche Nähe erwischt mich eiskalt. Sie erinnert mich an eine andere Zeit, an Momente voller Liebe und Zuneigung.

»Mach schon, Poitiers!«

Ich klettere von ihm herunter und stelle mich vor ihn, den Blick auf die Verfluchten hinter der kleiner werdenden Feuermauer gerichtet. Sie warten darauf, dass die letzte Flamme erlischt.

»Brich endlich den Bann.«

»Ich werde allein mit ihnen fertig.«

»Bevor oder nachdem sie dich in Stücke gerissen haben?«

»Ich kann …«

Nein, kannst du nicht. Du kannst nicht, und ich weiß, wie sehr dich das frustriert. Weil du schon immer der Held sein wolltest.

»Löse das verdammte Siegel, oder ich werfe dich diesen Dingern zum Fraß vor!«

Thierry stößt einen frustrierten Schrei aus. Als die Flammen vollständig erlöschen und die Verfluchten in Jubel verfallen, beginnt die Rose auf meinem Handrücken zu prickeln. Ich starre auf das Bannzeichen. Es verblasst wie Tinte, die man aus einem Blatt Papier zieht.

Die Magie in meinem Blut strömt ungehindert an die Oberfläche. Schatten kriechen nebelartig über meine Arme und schlingen sich um meine Finger.

So lange lag meine Macht hinter einer Mauer. Eine Macht, die mich mit Zorn erfüllt, aber auch mit einer seltsamen dunklen Vorfreude. In mir erklingt ein Ruf, dem ich antworten muss.

Ich beobachte die Verfluchten mit einem finsteren Lächeln auf den Lippen. Sie wollen kämpfen? Schön. Dann sollen sie ihren Kampf bekommen.

KAPITEL 9

MUTIGE ROSE

Ungezügelte Macht flutet meinen Körper. Eine dunkle, widernatürliche Magie, die mich mit Selbstsicherheit erfüllt. Sie berauscht mich und gibt mir das Gefühl, alles erreichen zu können.

Die Verfluchten stürmen auf mich zu, an ihrer Spitze der gekrönte Anführer mit einem Schwert in der Hand. Vorhin mag mich das eingeschüchtert haben, aber jetzt kann er mich damit nicht mehr verunsichern.

Ich verwandle mich in einen Schatten ohne feste Form und entwische den Verfluchten wie eine sich windende Schlange. Nur einen Moment später tauche ich hinter einem von ihnen wieder in Fleisch und Blut auf. Dabei nutze ich die immense Kraft, die meine Magie mir gewährt, und beschere der Kreatur einen schnellen Tod, indem ich ihr mit einem gezielten Griff das Genick breche. Der Verfluchte sackt zusammen.

Als Nächstes nehme ich mir den Anführer vor. Wieder verwandle ich mich in einen Schatten und weiche seinem Angriff aus, bevor er dasselbe Schicksal erleidet wie der andere. Das Schwert fällt ihm aus der Hand und landet noch vor seinem Körper auf dem feuchten Erdboden.

Zornerfüllt stürzen sich die anderen Verfluchten auf mich, stoßen ein Knurren aus und beschimpfen mich in ihrer Sprache. Sollen sie nur. Das wird ihnen nicht helfen.

Ich gehe strategisch vor, warte ab, bis sie nahe genug sind, um ihnen dann auszuweichen und ihre Verwirrung zu nutzen. Zwei weitere erledige ich in dieser Manier, bevor ich mich in eine distanziertere Position begebe. Die Schatten folgen meinem Willen. Ich strecke meine Arme nach vorn und forme mithilfe meiner Magie zwei Schattenklauen, die ich beliebig verlängern kann. Wann immer ich einen Verfluchten mit ihnen erwische, lege ich die schlanken, spitzen Finger um seinen Hals und beende sein Dasein mit einem einzigen Ruck.

Keiner von ihnen erreicht mich. Dazu bin ich zu flink, eine Tänzerin, die ihr tödliches Stück aufführt.

Ich hebe das Schwert des Anführers vom Boden auf und halte es gut fest, während ich mich erneut in Schatten auflöse. Die Waffe bleibt auch in dieser Form bei mir, genau wie meine Kleidung und alles andere, was ich an meinem Körper trage. Als ich mich wieder manifestiere, bohre ich der nächsten Kreatur das Schwert in die Brust. Auf diese Weise erledige ich weitere von ihnen, bis nur noch eine Handvoll übrig ist.

Eine der Verfluchten hält in ihrer Bewegung inne und starrt mich mit offenem Mund an. Ihre unmenschliche Miene ist hasserfüllt. Sie scheint bereit, sich jede Sekunde auf mich zu stürzen.

Ein animalisches Geräusch dringt aus meiner Kehle. Etwas, von dem ich nicht weiß, wo es überhaupt herkommt.

Verschwindet, zische ich. *Oder ich töte euch so wie die anderen.*

Sie sieht mich an, wütend, aber gleichzeitig verwirrt und ängstlich. Schließlich lässt sie ihren Waffenarm sinken und stößt ein Zischen in meine Richtung aus.

Du gewinnst, Blutdiebin.

Sie geht zu ihrem früheren Anführer hinüber und nimmt die Krone. Dann setzt sie sich den eigentümlichen Kranz auf den Kopf. Die anderen Verfluchten geben ein Heulen von sich, als würden sie trotz großer Trauer ihre neue Herrin bejubeln. Erst dann treten sie den Rückzug in den Wald an, verschwinden langsam in den Schatten, bis ich sie nur noch durch die Kälte auf meiner Haut wahrnehme. Ich lasse das Schwert fallen und wirbele herum, nutze meine Kräfte, um in Windeseile zu meinem ganz persönlichen Kerkermeister zu gelangen.

Bevor Thierry reagieren kann, packe ich ihn am Kragen seiner Robe und dränge ihn gegen einen nahe stehenden Baum. Mit moderatem Druck lege ich meine Hand um seinen Hals. Fest genug, um ihn zu bedrohen, aber nicht so fest, dass er keine Luft mehr bekommt. Aus seiner Kehle dringt ein heiserer Laut.

»Und jetzt zu dir«, knurre ich.

Er ist zu erschöpft, um sich zu wehren. Schweiß benetzt seine Stirn und seine Augen starren mir müde entgegen. Nicht einmal Angst zeigt sich in ihnen, weil die Erschöpfung keinen Raum dafür lässt.

»Dein Stolz hätte uns fast getötet!«, werfe ich ihm vor.

Er keucht. »Angesichts meiner aktuellen Lage dürfte klar sein, warum ich den Bann nicht brechen wollte.«

Regentropfen dringen durch die Baumkronen und fallen auf uns herab. Der immer stärker werdende Schauer durchnässt Thierrys Haar, doch seine Haut fühlt sich heiß an.

»Du verstehst gar nichts«, murmele ich.

»Dann hilf mir auf die Sprünge.«

»Was, denkst du, tue ich hier?«

»Mich umbringen. Uns beide.«

Ich schnaube. Er glaubt, er wüsste, was er von mir zu erwarten hat. Dabei hat er keine Vorstellung davon, wie es in mir aussieht. Ich mag wütend und von der dunklen Magie berauscht sein, aber ich bin keine Verfluchte, die lediglich ihren Instinkten folgt.

»Falsch«, zische ich. »Ich könnte es, wenn ich wollte. Es wäre so verdammt leicht. Trotzdem werde ich es nicht tun.«

Ein kaltes Lachen kommt ihm über die Lippen. »Soll mich das beruhigen?«

»Es gibt keinen Grund, meine Kräfte unter Verschluss zu halten. Ich nutze sie für das Richtige.«

Unter meiner Hand pulsiert das Blut in seinem Hals schnell und kraftvoll. Thierry atmet schwer, als wäre er seit Stunden durch diesen Wald gehetzt.

»Diese Macht gehört zu Gauthier. Ich würde sie immer wieder versiegeln.« Sein Blick hält meinen fest. »Du bist tödlich, Alienor. Du hast diese Kreaturen mit bloßen Händen umgebracht.«

Ich glaube kaum, dass *das* sein Problem mit meinen Kräften ist. Er schert sich nicht darum, was ich mit den Verfluchten gemacht habe, aber er denkt daran, was ich seinen Leuten angetan haben könnte.

»Was daran ist schlimmer, als sie in Brand zu stecken?«, frage ich provokant. »Meine Methode kommt mir sogar gnädiger vor. Dennoch bin ich diejenige, die du für ein Ungeheuer hältst.«

»Dafür halte ich dich nicht.«

»Sei kein elender Lügner, Poitiers.« Ich schüttele den Kopf. »Alle denken so über mich, du bist da keine Ausnahme.«

Seit er mich aus dem Gefängnis geholt hat, sehe ich es in seinen hellen Augen. Früher hat so viel Hingabe und Liebe in ihnen gelegen, wenn er mich angesehen hat. Jetzt ist da nur noch Argwohn und Vorsicht, als könnte ich jeden Moment zu seinem Untergang werden.

»Warum nennst du mich nicht mehr bei meinem Vornamen?«, will er plötzlich wissen.

Ich sehe ihn an. Wie seltsam, mich das jetzt zu fragen. »Weil Thierry ein warmherziger Mann ist, dem ich vertrauen kann. Du hast das Recht verwirkt, ihn aus meinem Mund zu hören. Deshalb nenne ich dich Poitiers, so wie die meisten deiner Kollegen es tun. Poitiers ist der kalte Zauberweber, dem seine Pflichten über alles gehen. Und genau der bist du inzwischen auch für mich.«

Er schluckt. »Also soll ich dich von jetzt an Mercier nennen, weil meine Alienor niemals meinesgleichen ermordet hätte?«

Meine Alienor.

Können zwei simple Worte wirklich so wehtun, oder haben sich meine Eingeweide spontan dazu entschieden, Feuer zu fangen?

»Du *vermutest* nur, dass ich sie getötet habe. Aber wir beide wissen, dass du mich verraten hast.«

»Ich habe nicht …«

»Halt den Mund!«, zische ich und verstärke den Druck auf seinen Hals. Ich bin seine Ausflüchte so leid. »Du weißt genau, was passiert ist. Ich hätte verschwinden können, als du mich gefunden hast. Aber ich bin geblieben, weil du sagtest, du könntest mir helfen und alles würde gut werden. Ich habe dir geglaubt. Verdammt, ich habe dir wirklich geglaubt! Als ich mich verzweifelt in deine Arme geflüchtet habe, hast du mich deine *mutige Rose* genannt, so wie du es früher getan hast. Du hast mir Hoffnung gegeben. Aber dann hast du deine Finger um mein Handgelenk geschlossen und deinen Zauber in meine Haut gebrannt.«

An diesen Tag zu denken lässt all den Schmerz zurückkehren, der mir sogar im Gefängnis schlaflose Nächte beschert hat. Ich sehe Thierry vor mir, wie er langsam auf mich zukommt, einen liebevollen Ausdruck in seinem schönen Gesicht. Spüre die wohlige Wärme seines Körpers, während er mich eng an sich drückt. Und dann … dann war da nur noch Schmerz, ausgehend von meiner Hand. Er hat sich durch meinen ganzen Körper gefressen, bis in die Fingerspitzen. Statt aufzuhören, hat Thierry mir ins Ohr geflüstert, wie leid es ihm täte. *Verzeih mir. Es gibt keine andere Möglichkeit. Verzeih mir, verzeih mir, verzeih mir.* Voller Reue gesprochene Worte, die so furchtbar leer geklungen haben. Denn wie hätte ich sie nur für eine einzige Sekunde glauben können, wenn alles, woran ich denken konnte, der Schmerz und dieser furchtbare Verrat waren?

»Ich hatte meine Anweisungen«, murmelt er.

Das glaube ich ihm nicht. Jeder Zauberweber, dem ich über den Weg gelaufen bin, hat mich direkt angegriffen. Sie wollten mich töten, und genau darin bestand sicher auch ihre Anweisung.

»Du weißt, wie sehr ich es hasse, wenn man mich anlügt.«

Für ihn wäre es ein Leichtes gewesen, mich umzubringen. Ich hatte mich längst ergeben. Aber er hat es nicht getan, und aus irgendeinem Grund will er mir nicht verraten warum. Hatte er Skrupel? Zweifel, jemanden zu töten, der ihm einmal etwas bedeutet hat? Das kann ich mir kaum vorstellen, nachdem er mich eingesperrt und vergessen hat.

Er hebt den Arm und legt seine glühende Hand über meine, doch er ist zu schwach, um sie von seinem Hals zu ziehen.

»Deine Hände waren nicht immer so kalt«, flüstert er.

Ich schenke ihm ein bitteres Lächeln. »Die Dinge haben sich geändert.«

Nur seine silbergrauen Augen sind gleich geblieben, und in diesem Moment sieht er mich so an wie früher. Ohne Vorsicht, ohne Skepsis.

»Nenn mich bei meinem Vornamen«, bittet er mich.

»Warum sollte ich?«

»Weil es keinen Unterschied gibt zwischen dem Thierry, den du kennengelernt hast, und dem königlichen Zauberweber. Ich bin beides. Der Mann aus deiner Vergangenheit und der aus deiner Gegenwart. Hasse mich, wenn du willst. Aber nutze meinen richtigen Namen, statt so zu tun, als wäre ich ein Fremder für dich.«

Jener dunkle Teil von mir, der gerade meinen Körper beherrscht, will das Leben aus Thierry herauspressen, bis er jedes einzelne seiner Geheimnisse preisgibt. Aber da ist noch ein anderer Teil, der ihn küssen und alles vergessen will, was er getan hat. Irgendwo tief in mir versteckt sich die alte Alienor, und ihr einziger Wunsch besteht darin, glücklich zu sein. Bei ihm ist sie es gewesen.

Hinter uns ertönt ein Knacken. Leise, geschmeidige Schritte nähern sich durch das Unterholz. Einen Verfluchten kann ich ausschließen, den würde ich spüren. Doch meine Kräfte verraten mir etwas anderes. Wer auch immer es ist, trägt irgendeine Form von Magie in sich. Eine unnatürliche Magie.

Thierry löst seinen Blick von mir und sieht an mir vorbei. Ich lasse ihn los und fahre herum, bereit, mich gegen den Störenfried zu verteidigen. Einige Meter von uns entfernt taucht eine bleiche junge Frau mit kurzem dunklem Haar auf. Sie ist einen Kopf kleiner als ich, aber nicht weniger Furcht einflößend, denn auch ihre Augen haben eine ungewöhnliche Farbe. Sie sind blutrot.

Obwohl ich noch nie jemandem wie ihr begegnet bin, weiß ich sofort, was sie ist.

Eine Vampirin.

KAPITEL 10

WUNDER

Nebelartige Schatten schlingen sich um meine Hände und klettern bis zu meinen Oberarmen hinauf. Die Vampirin beobachtet mich aufmerksam, ganz besonders jedoch meine Magie.

»Was auch immer du bist …«, sagt sie mit melodischer Stimme. »Ich bin nicht hier, um zu kämpfen. Ich will kein unnötiges Blutvergießen.«

Mir entfährt ein zynisches Lachen. »Nein? Haben es Vampire nicht genau darauf abgesehen?«

»Nur die unzivilisierten oder gottlosen.«

Ich runzle die Stirn. »Und zu denen zählst du dich nicht?«

Sie lächelt. »Ich bin die zivilisierteste Vampirin, die dir an einem Ort wie diesem begegnen kann. Außerdem würde ich euer Blut nicht einmal wollen, wenn ich durstig wäre.«

Ich suche ihr Gesicht nach dem Zeichen der Blutgilde ab, kann es aber nicht entdecken. Nur den Mitgliedern dieser Gemeinschaft ist es gestattet, unter Menschen zu leben. Sie sind fähige Forscher und Archivare, weil ihr unbegrenztes Leben sie dafür prädestiniert, und sie beziehen ihr Blut ausschließlich von freiwilligen Quellen. Ein magischer Schwur bindet sie an ihre Dienste. Sie haben gelobt, nie das Blut eines Unfreiwilligen zu trinken und ihren Fluch nie an jemand anderen weiterzugeben. Wer ihr Zeichen jedoch nicht trägt, gilt als wilder Vampir. Als Feind allen Lebens.

»Schwer zu glauben«, antworte ich, ohne sie aus den Augen zu lassen.

Sie stemmt die Hände in die Seiten. »Der Mann, den du so nett am Baum festgenagelt hattest, ist ein Zauberweber. Ich würde lieber meinen eigenen Schweiß trinken als sein Blut. Es schmeckt unfassbar bitter. Ich kannte mal einen Vampir, der dachte, man könne durch Zauberweberblut mächtiger werden. Weißt du, was mit ihm passiert ist? Er ist in einen Rausch verfallen, bis das Übermaß an Magie ihn umgebracht hat. Und dein Blut …« Die Vampirin sieht mich an und rümpft die Nase. »Es ist *falsch*. Ich bin dem Gestank gefolgt, weil ich dachte, du wärest einer dieser Verfluchten.«

Ihr Blick fällt auf die Kreaturen um uns herum. Der Geruch könnte auch von ihnen stammen, aber wahrscheinlich rieche ich für einen Vampir ähnlich. Letztendlich bin ich genauso verflucht wie diese Ungeheuer.

»Warum solltest du ihnen freiwillig folgen?«, frage ich.

»Weil ich gehofft habe, sie könnten mich zu jemandem führen.«

Ich lege den Kopf schief. »Wegweiser aus Holz dürften da deutlich hilfreicher sein.«

»Nicht in diesem Fall«, widerspricht sie. »Es gibt nämlich jemanden, dem sie gehorchen, jetzt, da der Fluch wieder ausgebrochen ist. Und bevor die Zauberweber ihn besiegen, muss ich ihn aufspüren.«

Thierry tritt neben mich. »Du suchst nach Gauthier?«

Sie lächelt katzenhaft. »Ganz richtig. Diese Verfluchten hören auf seinen Befehl. Ich bin mir sicher: Wo sie hingehen, da finde ich auch ihn.«

Damit könnte sie recht haben. Wir nähern uns der Quelle, darauf deutet die Anzahl der Verfluchten von vorhin hin. Wo die Magie des Fluches stark ist, findet man besonders viele von ihnen. Ob Gauthier sich ebenfalls bei der Quelle aufhält? Laut Thierry wird er dort wiedergeboren, aber niemand weiß, wie lange das dauert oder wie viel Zeit er an diesem Ort verbringt, bevor er ihn verlässt.

»Warum willst du Gauthier finden?«, frage ich.

»Weil ich meinen eigenen Fluch brechen will.« Sie lässt ihren Blick über die Lichtung wandern. »Der Blutfluch hat seinen Ursprung in der schwarzen Magie. Seit Jahrzehnten bin ich auf der Suche nach einem Heilmittel, um wieder menschlich zu werden, und ich denke, ich habe es endlich gefunden. Wenn meine Nachforschungen stimmen, benötige ich das Blut eines Fluchwebers, der selbst einen mächtigen Fluch erschaffen hat. Durch so jemanden ist der Blutfluch entstanden, und durch das Blut einer solchen Person könnte er gebrochen werden. Gauthier ist der Einzige, der dafür infrage kommt.«

Bisher dachte ich, für den Blutfluch gebe es kein Heilmittel, aber ihr Ansatz klingt schlüssig. Viele Möglichkeiten, ihre Theorie zu testen, hat es allerdings nicht gegeben.

»Wieso willst du den Blutfluch brechen?«, hake ich nach.

Die wenigsten Vampire würden ihre Macht freiwillig abgeben, auch wenn sie nicht der Gilde angehören. Sie sind schnell, stark, tödlich und unsterblich. So ein Leben klingt verlockend. Trotzdem würde ich es nicht führen wollen. Wenn es kein Ende gibt, wie soll dann irgendetwas von Bedeutung sein? Deshalb hoffe ich, dass die Experimente mich nicht ebenfalls unsterblich gemacht haben. Verfluchte altern nicht. Was, wenn ich auch in dieser Hinsicht wie sie bin?

»Ich wurde nicht freiwillig zur Vampirin«, stellt die Vampirin klar.

»Oh«, entfährt es mir.

Das hatte ich nicht erwartet, aber es kommt mir schmerzlich bekannt vor. Wir scheinen beide Opfer eines Fluches zu sein, der durch schwarze Magie und zu viel Ehrgeiz entstanden ist. Mit einem Schlag empfinde ich eine Menge Sympathie für diese Vampirin. Wie seltsam. Wegen der Schauergeschichten habe ich mich immer vor ihresgleichen gefürchtet, aber sie wirkt menschlicher, als ich es je für möglich gehalten hätte. Die Leute behaupten, früher oder später falle jeder Vampir dem *Durst* zum Opfer, einem Zustand, in dem er unkontrollierbar ist und wahllos Menschen angreift. Vielleicht sind diese Geschichten nichts anderes als Mutmaßungen, so wie bei mir.

»Mein Leben ist ein Fluch für mich«, sagt sie. »Wenn man mich in dieser unheiligen Form tötet, bleibt mir das Paradies für immer verwehrt. Deshalb suche ich nach einem Weg, mich von diesen Fesseln zu befreien.«

Ich starre sie überrascht an. Eine gläubige Vampirin ist das Allerletzte, mit dem ich gerechnet hätte.

»Du gehörst nicht zur Gilde«, stellt Thierry fest.

Sie lächelt wissend. »Nein. Ich bin eine wilde Vampirin und damit für alle Welt ein gefährliches Tier, das man jagen muss. Aber sei unbesorgt, Monsieur Poitiers, ich weiß mich zu benehmen.«

Thierry versteift sich. »Woher kennst du meinen Namen?«

»Ich lebe schon eine ganze Weile, genau wie du. In so einem langen Leben hört und sieht man viel. Ganz besonders dann, wenn man in höheren Kreisen verkehrt. Dein Gesicht ist in der Hauptstadt bekannt.«

In höheren Kreisen? Wie ist es möglich, dass sie sich in gehobener Gesellschaft bewegt hat, wenn sie doch eine Vampirin ist? Sie muss wirklich gut darin sein, ihre wahre Natur zu verbergen.

»Und du«, fährt sie fort, wobei sie mich mustert, »musst das Schattenmädchen sein, von dem das ganze Land spricht. Vorhin war ich mir nicht sicher, aber deine Kräfte und deine Begleitung lassen keine anderen Schlüsse zu. Solltest du nicht eingesperrt sein?«

Ich verziehe die Lippen zu einem selbstbewussten Grinsen. »Wir sind wohl beide nicht dort, wo der Rest der Welt uns haben will.«

Sie blickt von mir zu Thierry. »Was machen der königliche Zauberweber und ein gefährliches magisches Experiment mitten im Wald, weit abseits der üblichen Orte, an denen man sie vermuten würde?«

Neugier blitzt in ihrer verwirrend unschuldigen Miene auf. Es wirkt nicht gerade, als würde sie sich vor einem von uns fürchten, was angesichts der zahlreichen toten Verfluchten bemerkenswert ist.

»Ich glaube kaum, dass das eine Vampirin irgendetwas angeht«, sagt Thierry.

Seine schnippische Antwort prallt an ihr ab. »Und ich denke, es ist ziemlich unhöflich, nicht auf meine Fragen zu antworten, nachdem ich euch so viel von meinen Plänen erzählt habe.«

»Darum haben wir dich nicht gebeten.«

»Wir kennen nicht einmal deinen Namen«, gebe ich zu bedenken.

»Ich bin Giselle«, erwidert sie und knickst, als wäre sie bei Hofe. »Giselle Vardain.«

Thierry schneidet eine unzufriedene Grimasse. Wenn er noch einen Funken Magie im Körper hätte, würde er mit Sicherheit einen Feuerball auf Giselle schleudern.

»Alienor Mercier«, stelle ich mich vor. »Bekannt als Schattenmädchen, magisches Experiment, Zauberwebermörderin und Ungeheuer. Schuldig in mindestens zwei von vier Fällen. Manch einer würde behaupten, auf mich treffe alles gleichermaßen zu, aber ich finde, jeder sollte selbst wählen dürfen.«

Sie lacht. »Du bist lustig, Schätzchen. Wären alle Verfluchten wie du, könnten die Leute sie besser leiden.«

Hat sie mich gerade *Schätzchen* genannt? Das klingt eindeutig zu niedlich für jemanden wie mich, aber gegen ein wenig Abwechslung habe ich nichts einzuwenden. Was für eine seltsame Vampirin. Höflich, gläubig und noch dazu unglücklich mit ihrem verfluchten Dasein. Wir beide könnten wirklich fabelhaft miteinander auskommen, solange sie mich nicht aussaugt.

»Sollen wir sie einweihen?«, flüstere ich Thierry zu.

»Auf keinen Fall. Wir können es uns nicht leisten, dass …«

»Ihr könnt ruhig lauter sprechen«, meint Giselle lächelnd. »Ich höre euch sowieso.«

Verdammt, ich hatte vergessen, dass Vampire ein außerordentlich gutes Gehör haben. Mir entfährt ein Seufzer. Thierry sieht erschöpfter aus denn je. Nicht so blass wie Giselle, aber blasser als ich, was eine beachtliche Leistung ist. Er kneift seine Augen zusammen, scheinbar geplagt von Schwindel oder Kopfschmerzen. Zu vielem ist er aktuell sicher nicht zu gebrauchen, und ich habe keine Ahnung, welche Gefahren bei der Quelle auf uns warten. Wenn Giselle dasselbe Ziel hat wie wir, könnten wir uns mit ihr verbünden.

»Du bist heute leider unfähig, kluge Entscheidungen zu treffen, also übernehme ich das«, sage ich zu Thierry und wende mich Giselle zu. »Wir sind ebenfalls hinter Gauthier her. Um ihn endgültig zu töten. Aber damit das klappt, müssen wir zur Quelle gelangen.«

»Die Quelle ist ganz in der Nähe«, antwortet sie. »Ich bin hier, weil Gauthier angeblich dort wiedergeboren wird.«

Sie kennt sich also ein wenig aus. Wie interessant. Woher sie wohl ihr Wissen hat?

»Es gibt dort einen Wächter«, fahre ich fort. »Erst wenn er tot ist, kann Gauthier sterben. Bisher ist es nur leider niemandem gelungen, dorthin vorzudringen. Ich könnte die Erste sein, weil die Experimente, die man an mir durchgeführt hat, mich vielleicht immun gegen die Finsternis an diesem Ort gemacht haben. Unglücklicherweise hat einer von Gauthiers Schergen meinen Begleiter mit einem Bann belegt und seine Kräfte eingeschränkt. Wir könnten also Hilfe gebrauchen.«

Thierry sieht mich an, als hätte ich den Verstand verloren. Vielleicht habe ich das auch, aber in einer Situation wie dieser kann man bei der Suche nach Verbündeten kaum wählerisch sein. Vampire sind zwar keine Zauberweber, ihre Fähigkeiten im Kampf sind jedoch nicht zu unterschätzen.

Giselle sieht von Thierry zu mir. »Ihr sucht also nach einem Weg, Gauthier zu töten?«

»Ja.«

»Das heißt, ihr kämt unter Umständen sehr nah an ihn heran?«

»So lautet der Plan.«

»Und wenn ich euch helfe, euer Ziel zu erreichen … würdet ihr mir die Gelegenheit geben, sein Blut zu trinken?«

»Von mir aus kannst du diesen Mistkerl bis auf den letzten Tropfen aussaugen«, antworte ich.

Ein breites Lächeln erscheint auf ihren blassen Lippen. »Meine Güte, ich hätte nicht gedacht, hier auf diese Art von Hilfe zu treffen. Ich versuche schon seit Jahrzehnten, an Gauthier heranzukommen, aber der Fluch war jedes Mal so schnell besiegt, dass ich es nie geschafft habe. Es war frustrierend.« Sie fährt sich nachdenklich durch ihr Haar. »Aber was, wenn der Fluch wieder so rasch gebrochen wird?«

»Das wird nicht passieren«, sagt Thierry schlecht gelaunt. »Uns bleibt allerdings nicht ewig Zeit. Wenn wir unser Ziel nicht binnen weniger Tage erreichen, haben wir ein Problem.«

Giselle wendet sich mir zu. »Dein Freund scheint nicht begeistert von dieser Allianz zu sein.«

Eine ziemliche Untertreibung. Wenn er so grimmig schaut, lässt man ihn besser in Ruhe. Dann setzt er sich normalerweise mit einem Minztee vor ein Kaminfeuer und starrt stundenlang schmollend in die Flammen.

»Er ist kein Freund«, stelle ich klar.

»Oh. Das hätte ich wohl ahnen müssen, nachdem du ihn bedroht hast.«

Thierry fährt zu mir herum. »Ich kann nicht fassen, dass du dich mit einer Vampirin verbünden willst! Sie könnte uns im Schlaf umbringen!«

Berechtigter Einwand. Allerdings hätte uns seine Sturheit vorhin fast das Leben gekostet.

»Eine schlechte Mahlzeit könnte dich auch umbringen«, meine ich. »Wenn du ihr nicht traust, kannst du ihre Aussagen mit einem Wahrheitszauber überprüfen.« Dann füge ich angesichts seiner Verfassung süffisant hinzu: »Falls du das hinbekommst.«

Er sieht mich empört an. »Natürlich tue ich das.«

Ich rolle mit den Augen. *Natürlich*. Was auch sonst. Der große Thierry Poitiers steht ja nicht kurz davor, aufgrund seiner Erschöpfung zusammenzuklappen. Er ist sogar so am Ende, dass er noch immer nicht meinen Bann erneuert hat. Wahrscheinlich, weil ich sein einziger Schutz bin, falls die Vampirin uns angreifen sollte. Aber diese Schwäche würde er niemals eingestehen.

»Also, Giselle«, sage ich. »Würdest du uns Rede und Antwort stehen, damit der paranoide Zauberweber aufhören kann, dir zu misstrauen?«

Sie schmunzelt. »Mit Vergnügen. Ich liebe solche Spiele.«

»Das ist kein Spiel«, knurrt Thierry.

»*Wahrheit oder Lüge* habe ich schon oft gespielt. Nur war da nie Magie im Spiel. Meistens ging es um den Verlust eines Kleidungsstücks.«

Sie zwinkert uns zu. Thierry gibt sich Mühe, das nicht zu kommentieren, und beginnt damit, Giselle zu befragen. Der Zauber zeigt an, dass sie stets die Wahrheit spricht, was meinen Begleiter zufriedenstellt. Als er fertig ist, wischt er sich mit dem Ärmel den Schweiß von der Stirn. »Das reicht.«

Bevor ich irgendetwas sagen kann, flackert seine Hand weiß auf. Im nächsten Moment spüre ich einen stechenden Schmerz in meiner eigenen.

»Autsch!«

Ich sehe auf meinen Handrücken. Die Rose kehrt zurück, erst blass, dann immer dunkler, bis das Siegel genauso aussieht wie zuvor. Der Einfluss der schwarzen Magie in mir lässt nach und die negativen Gefühle verebben. Es ist, als hätte man einen Teil von mir gestohlen.

»Nur zur Sicherheit«, meint Thierry.

»Keine Sorge«, ächze ich. »Ich kann dich auch ohne meine Kräfte erwürgen.«

Giselles helles Lachen hallt über die Lichtung. »Ihr beide seid herzallerliebst.«

Ich sehe von Thierry zu Giselle, dann entfährt mir ein Seufzer. Ein ehrenloser Zauberweber, der seine eigenen Leute für seine Königin hintergeht, eine gläubige Vampirin, die das Blut eines Fluchwebers trinken will, und ein magisches Experiment, das mit einem Bann belegt ist. Ich glaube, wir sind die skurrilste Rettung, die dieses Land sich vorstellen kann.

Giselle kommt auf mich zu und fuchtelt mit ihrem Armen vor meinem Gesicht herum. Sie zeichnet seltsame Symbole in die Luft, was aussieht, als würde sie versuchen, eine Fliege zu fangen.

Es fällt mir schwer, meine Skepsis zu verbergen. »Was machst du da?«

»Dich reinigen.«

Bei dieser Aussage verdrehe ich die Augen. »Falls du es vergessen hast: Ich bin wandelnde schwarze Magie. Mich kann höchstens ein Wunder reinigen.«

Sie zuckt mit den Schultern. »Wunder passieren.«

Ich murmele leise Flüche und ziehe mir die Kapuze meines Umhangs über den Kopf. Das wird ganz großartig, ohne Zweifel.

KAPITEL 11

LUFT UND MAGIE

Den ganzen Tag lang sind wir in diesem finsteren Wald unterwegs, und ich fürchte, dieser Marsch endet nie. Zum Glück begegnen uns keine Verfluchten mehr, obwohl ich ihre Anwesenheit in der Nähe spüre. Ob sie uns nach der Auseinandersetzung auf der Lichtung absichtlich fernbleiben? Ich lege meinen Kopf in den Nacken. Die Sonne versteckt sich noch immer hinter dichten Wolken, doch der violett verfärbte Himmel zeigt, dass sie bereits untergehen muss. Erst als die abendliche Dunkelheit über der Welt liegt, verlassen wir das Unterholz und gelangen auf eine Ebene. Thierry seufzt erleichtert auf.

Ich beobachte ihn von der Seite. Er schwitzt und atmet angestrengt, müde vom langen, beschwerlichen Fußmarsch und dem Überstrapazieren seiner Kräfte. »Du siehst furchtbar aus.«

Seit er mich ins Gefängnis gesteckt hat, wollte ich diesen Satz zu ihm sagen, aber jetzt verschafft mir das nicht die Genugtuung, die ich mir erhofft habe.

»Es geht schon«, versichert er.

»Du bist so fertig, dass sogar die Qualität deiner Lügen darunter leidet.«

Er wischt sich mit dem Handrücken den Schweiß von der Stirn. »Wir haben keine Zeit zum Ausruhen.«

»Willst du in dem Zustand etwa die ganze Nacht weiterlaufen? Wenn wir Gauthier etwas entgegensetzen wollen, müssen wir schlafen.«

»Nicht alle von uns«, erinnert Giselle mich.

Ich werfe unserer rotäugigen Verbündeten einen neidvollen Blick zu. Vampire benötigen keinen Schlaf, weil der Blutfluch sie davon befreit. Ihre robusten Körper funktionieren nachts genauso gut wie tagsüber, was sie unter anderem so gefährlich macht. Während normale Menschen essen und schlafen müssen, brauchen sie bloß Blut.

»Er muss sich erholen«, beharre ich. »Falls ich den Wächter bezwingen kann, müssen wir schnellstens zurück zur Hauptstadt. Wir brauchen ihn, um rechtzeitig dorthin zu gelangen.«

Thierry muss sich so weit regenerieren, dass er eine Passage nach Beaucourt öffnen kann, sonst schaffen wir es nicht, bevor der Rat die Königin opfert. Orianne wird sie nicht ewig aufhalten können.

»Gutes Argument, Schätzchen«, antwortet Giselle. »Wahrscheinlich gibt es hier irgendwo ein Dorf.«

Heutzutage sind Siedlungen in der Nähe von Wäldern oft verwaist, da die meisten Leute von dort in die Stadt oder in ein sichereres Dorf ziehen. Trotzdem flieht bei Weitem nicht jeder Verbliebene vor den Verfluchten.

Neben mir lässt Thierry seine Hand weiß aufleuchten.

»Was machst du da?«, frage ich ihn sowohl wütend als auch entsetzt. »Falls es dir noch nicht schlecht genug geht, kann ich dir gern eine verpassen, dann musst du dich nicht selbst zugrunde richten.«

Er ignoriert mich und nutzt weiterhin Magie, bis seiner Hand ein heller Funke entspringt. Zischelnd saust er durch die Luft und fliegt nach Osten.

»In dieser Richtung liegt ein Dorf«, meint er.

Ich ziehe die Augenbrauen hoch. »Und das weißt du woher?«

»Der Zauber zeigt Leben an. Er fliegt dorthin, wo es eine Anhäufung davon gibt. So kann ich Städte oder Dörfer finden.«

Wie praktisch. Ob dieser Zauber Giselle oder mich offenbaren würde? Wir sehen zwar menschlich aus, sind aber gleichzeitig etwas zwischen Leben und Tod. Vielleicht will ich das lieber nicht erfahren.

Ich stemme die Hände in meine Hüfte. »Na, dann los.«

Thierry setzt sich in Bewegung und wir folgen ihm, wobei wir Mühe haben, uns an sein bemitleidenswertes Tempo anzupassen.

Egal wie sehr er versucht, die Erschöpfung zu verbergen, jeder seiner Schritte ist schwer und unsicher. Ein mächtiger Zauberweber, so schwach, so verletzlich. Was hätte ich vor wenigen Tagen dafür gegeben, ihn in diesem Zustand zu sehen. Aber jetzt, da Gauthier und Davide uns an den Kragen wollen, würde ich alles dafür tun, damit Thierry zu alter Stärke findet.

Einige Zeit später tauchen die Lichter eines Dorfes in der Ferne auf. Rauchschwaden dringen aus den Schornsteinen der Häuser und versprechen die Wärme eines lauschigen Kaminfeuers. Je näher wir dem Dorf kommen, desto heller wird die Umgebung.

Als Giselle stehen bleibt, drehe ich mich zu ihr um. »Was ist los?«

»Ich würde mich liebend gern an die Theke irgendeiner Schenke setzen, aber meine Augen sind leider zu auffällig. Wilde Vampire sieht man nirgends gern. Besser ich bleibe auf Abstand, damit die Leute nicht in Panik verfallen.«

»Oh.«

Das hatte ich vergessen. Für mich und meine fliederfarbenen Augen gilt dasselbe, denn auch in einem abgelegenen Dorf wie diesem kennt man bestimmt die Geschichten vom Schattenmädchen.

Ich reibe mir den Hinterkopf. »Dann sollte ich deinem Beispiel wohl folgen. Sonst riskieren wir, dass man uns mit Mistgabeln hinterherläuft.«

»Ich kann das übernehmen«, sagt Thierry müde und kommt zu uns. »Zauberweber können das Äußere einer Person temporär verändern. Für eine neue Augenfarbe sollten meine Kräfte noch ausreichen.«

Trotz seines damaligen Vertrauensbruchs mache ich mir Sorgen um ihn. Was zur Hölle ist mit mir los? Warum sind meine Gefühle so verwirrend? Ich sollte ihn hassen, statt ihn zu bemitleiden.

Thierry nähert sich Giselle vorsichtig, als hätte er noch immer Angst, sie könnte ihre spitzen Eckzähne in seinem Hals versenken und sein magisches Blut aussaugen.

»Kannst du sie braun machen?«, fragt sie gut gelaunt. »Ich wollte schon immer braune Augen. Die lassen einen vertrauenswürdig aussehen.«

Ich werfe ihr einen skeptischen Seitenblick zu. »Irgendwie habe ich das Gefühl zu wissen, warum du Vertrauen erwecken willst …«

Sie lacht. »Keine Angst, Schätzchen, ich brauche gerade kein Blut.«

»Das macht mich bloß nervöser.«

Wenn sie kein Blut benötigt, bedeutet das, dass sie erst kürzlich welches getrunken hat. Ich will gar nicht wissen von wem, sonst überdenke ich unsere Allianz noch einmal. In ihrem zierlichen Körper steckt eine tödliche Kraft, die ich lieber nicht am eigenen Leib spüren möchte.

Thierry tippt Giselle mit dem Zeigefinger gegen die Stirn und entfesselt seine Magie. Die roten Augen verblassen und werden schließlich dunkel. Orianne wäre in Sachen Gesichtsveränderung bestimmt eine Könnerin. Bisher dachte ich, alle Zauberweber hätten dieselben Fähigkeiten, aber auch sie scheinen Stärken und Schwächen zu haben.

»Ich hoffe, du nutzt das nicht aus, um arglose Dorfbewohner in eine Falle zu locken«, murmelt er und lässt den Arm sinken.

Und so etwas kommt ausgerechnet vom Meisterfallensteller. Er ist ein klassisches Beispiel für jemanden, der anderen Ratschläge gibt, die er dann selbst nicht befolgt.

Giselle feixt. »Keine Angst, *Kronendiener*. Als Frau des Glaubens habe ich mir im Laufe der Jahre tadellose Manieren angeeignet.«

»Man kann Manieren haben und trotzdem eine blutrünstige Vampirin sein. Vielleicht bedankst du dich lediglich höflich, bevor du dein wehrloses Opfer blutleer in einer dunklen Gasse zurücklässt.«

»Meistens spreche ich ein Gebet«, erwidert sie ungerührt. »Was unnötig ist, weil ich nur von Sündern trinke. Und von denen gibt es auf der Welt wahrlich genug.«

Die Vorstellung der frommen Vampirin, die mitleidig auf ihr Opfer herabblickt, bringt mich zum Lachen. Was sie wohl in so einer Situation sagt? Vergib mir, o großer Erschaffer, denn ich habe mich an einem Sünder berauscht? Ich bereue meinen Blutdurst und hoffe auf dein Verständnis?

Thierry schüttelt den Kopf und wendet sich von ihr ab. Er kommt zu mir, beinahe genauso zögerlich wie bei Giselle. Ist es das, was ich jetzt für ihn bin? Eine gefährliche Fremde, der man nicht trauen kann?

Ich erwidere fest seinen Blick. »Falls möglich, mach sie blau. So wie sie gewesen sind, bevor …«

»Ich weiß«, flüstert er, vielleicht mehr zu sich selbst als zu mir. »Ich erinnere mich gut an sie.«

Mir wird warm. Auch nach allem, was vorgefallen ist, kann ich die Spannung zwischen uns geradezu greifen. Sosehr ich Zauberweber und ihre Magie auch verabscheue, so enttäuscht und wütend ich sein mag, ich kann nicht vergessen, was wir beide hatten. Es war echt und wunderschön, und obwohl es in der Vergangenheit liegt, begraben unter Verrat und Schmerz, lässt es mich nicht los. Ich versuche ihn zu hassen, versuche ihn genauso zu verabscheuen wie die anderen, aber ich schaffe es nicht. Stattdessen sehne ich mich nach seiner Geborgenheit.

Als er mich berührt, zucke ich zusammen. Über seine heißen Finger fließt Magie in meine Stirn. Ein Kribbeln breitet sich bis zu meinen Augen aus. Für einen Moment jucken und brennen sie, als stünde ich zu dicht vor einem Lagerfeuer. Mir wird übel von der Magie, die meinen Körper erfüllt. Wie gern würde ich sie für immer aus meinem Leben verbannen.

Thierry zieht seine Hand zurück und schließt die Augen, um tief durchzuatmen. Ich hätte es kaum für möglich gehalten, aber er sieht noch erschöpfter aus als vor ein paar Minuten.

»Lasst uns die Dorfherberge finden«, sage ich, ohne ihn aus den Augen zu lassen.

Er muss sich ausruhen, sonst liegt er gleich auf dem Boden. Seine Wärme mag etwas in mir auslösen, aber ich werde ihn bestimmt nicht ins Dorf tragen.

»Da gäbe es noch ein Problem«, sagt Thierry. »Ich habe kein Geld bei mir.«

Ich reiße meine Augen so weit auf, dass sie mir wahrscheinlich gleich aus dem Gesicht fallen. »Willst du mir weismachen, dass der Zauberweber der Königin ohne Geld unterwegs ist? Wovon lebst du? Luft und Magie? Zauberst du dir sonst alles her, was du brauchst?«

Jetzt wirkt er verlegen. »Eigentlich hatte ich nicht damit gerechnet, in einer Herberge übernachten zu müssen.«

»Und wo sonst? Auf Bäumen?«

»Ich hielt es für unnötig, Rast zu machen. Davides Bann hat mich mehr geschwächt, als ich dachte.«

Das bedeutet wohl, er ist wider besseres Wissen davon ausgegangen, dass er uns mit seiner Passage näher an die Quelle bringen könnte.

»Für einen der besten Zauberweber des Landes bist du erstaunlich schlecht vorbereitet«, merke ich an. *Oder maßlos arrogant.*

»Ich hätte nicht damit gerechnet, dass mein eigener Kollege mir einen so starken Bann auf den Hals hetzen würde.«

»Wirklich? Das hat dich überrascht, nachdem du dem Mann mit unfairen Mitteln seinen Traum zerstört hast?«

Er wischt sich erneut über die Stirn. »Ich wusste, dass er mich seitdem hasst, aber ich hätte es nie für möglich gehalten, dass er so weit gehen würde.«

Thierry schüttelt den Kopf. Auch ich dachte mal, jemanden gut zu kennen. Wie es aussieht, hat er eine Dosis seiner eigenen Medizin bekommen, und jetzt leiden wir alle unter den Nebenwirkungen. Allerdings rechtfertigt verletzte Ehre nicht das Überlaufen zu einem Fluchweber. Ich hätte es verstanden, wenn Davide ihm eine giftige Kröte ins Bett geschmuggelt hätte, aber das hier geht dann doch ein wenig zu weit.

»Vielleicht kann ich aushelfen«, sagt Giselle und zieht einen prall gefüllten Lederbeutel aus ihrer Robentasche.

Ich lege den Kopf schief. »Raubst du deine Opfer aus, nachdem du sie ausgesaugt hast?«

Sie lacht. »Wenn man so lange lebt wie ich, hat man viel Zeit, um ein Vermögen anzuhäufen. Alles lässt sich zu Geld machen, sogar die unwahrscheinlichsten Dinge.«

»Klingt dubios.«

»Keine Angst, Schätzchen. Niemand musste sein Blut oder sein Leben dafür geben.«

Bei Gelegenheit muss ich nachfragen, um was es sich dabei handelt, doch so unsicher, wie Thierry gerade auf den Beinen steht, wäre es klüger, diese Unterhaltung zu verschieben.

»Ich komme darauf zurück«, sage ich. »Jetzt sollten wir erst mal eine Herberge finden.«

Giselle lächelt zufrieden wie eine Katze und blickt hochmütig zu Thierry hinüber. »Jetzt ist es gar nicht mehr so schlecht, dass ich hier bin, oder, Monsieur Poitiers?«

Thierry ist zu erschöpft, um etwas zu erwidern. Ich fange wirklich an, diese Vampirin zu mögen.

KAPITEL 12

FIEBER

Auf uns!«, ruft Giselle grinsend und stößt ihr Rotweinglas gegen meines.

Wir sitzen am Tresen der Schenke, die sich unter der Herberge befindet, darauf bedacht, wie Reisende zu wirken. Thierry ist direkt auf sein Zimmer gegangen, nachdem Giselle bezahlt hat. Sie war so großzügig, drei Räume statt zwei zu mieten, obwohl es mir nichts ausgemacht hätte, ein Zimmer mit ihr zu teilen.

Ich lecke mir über die Lippen, um die Süße des Weins voll auszukosten. So etwas Intensives habe ich seit einer Ewigkeit nicht mehr geschmeckt.

Als Giselle ihre Beine übereinanderschlägt, ertönt ein Pfeifen aus einer Ecke der Schenke. Der verantwortliche Kerl grinst anzüglich und wackelt mit den Augenbrauen, doch Giselle hat nur ein müdes Lächeln für ihn übrig.

»Männer sind so primitiv«, seufzt sie. »Ich wünschte, es gäbe nur einen Einzigen, der pfeift, wenn man etwas Geistreiches sagt. Das wäre mal was Neues.«

Ich zucke mit den Schultern. »Es gibt auch Leute, die viel zu ernst für so etwas sind.«

»Stimmt. Monsieur Poitiers, zum Beispiel. Der sieht uns an, als wären wir das Gefährlichste, was Saintoux zu bieten hat.«

Darüber muss ich lachen. »Berechtigte Sorge.«

Giselle schnappt sich die Rotweinflasche und schenkt nach. Während die anderen Gäste miteinander scherzen, diskutieren und spontane Tänzchen zum Lautenspiel eines Barden aufführen, mustert sie mich mit unverhohlener Neugier.

»Was ist das eigentlich für eine besondere Abneigung zwischen euch? Heute Mittag bist du ihn ziemlich angegangen.«

»Ich hasse Zauberweber«, erkläre ich. »Vor drei Jahren haben mich diese Leute entführt und in ein Kloster gesperrt, in dem sie ihre Experimente an mir durchgeführt haben. Deshalb bin ich, was ich bin.«

Sie wirft mir einen mitleidigen Blick zu. Von den Experimenten hat nahezu jeder im Land gehört, aber niemand weiß, was in diesem Kloster wirklich passiert ist.

»Und warum hasst du *ihn* so sehr?«

Ich starre auf meine Hände. Zuerst will ich lügen, es damit begründen, dass er eben ein Zauberweber ist. Doch nach so langer Zeit, in der ich allein gewesen bin, möchte ich die Wahrheit loswerden.

Der Wein zeigt leider immer noch keine Wirkung, deshalb nehme ich einen weiteren Schluck. »Er ist derjenige, der mich nach der Flucht aus dem Kloster gefangen und weggesperrt hat.«

»Autsch.«

Ich lächle gequält. »Kann man wohl sagen.«

Als Giselle bemerkt, dass die Flasche leer ist, bestellt sie eine neue. Sie zieht eine Silbermünze aus ihrer Hosentasche und schiebt sie über den Tresen.

»Wie hat er das geschafft? Ich habe gehört, wie fähig er ist, aber ich habe auch die toten Verfluchten im Wald gesehen und deine Macht gespürt.«

»Er hat mich ausgetrickst, indem er versprochen hat, mir zu helfen.«

Zwischen ihren dunklen Brauen erscheint eine Falte. »Sagtest du nicht, du hasst die Zauberweber? Warum hast du ihm vertraut?«

Eine gute Frage. Ich nehme einen tiefen Atemzug, weil es mir schwerfällt, es auszusprechen. Wenn es einmal raus ist, kann ich es nicht mehr zurücknehmen.

»Weil ich ihn geliebt habe. Ich *wollte* ihm glauben.«

Bedauern blitzt in ihren Augen auf, doch da ist noch etwas anderes. Eine Art Verständnis, als wüsste sie, wie schmerzhaft so etwas ist. Sie legt mir eine Hand auf den Unterarm.

»O Schätzchen«, sagt sie mitfühlend. »Hat dir niemand beigebracht, dass man die Welt nicht mit seinem ehemaligen Liebhaber rettet? Das endet entweder mit einem gebrochenem Herz oder dem Weltuntergang.«

Das gebrochene Herz habe ich bereits hinter mir. Wie schlimm könnte das Ende der Welt im Vergleich dazu schon werden?

Aus Verlegenheit räuspere ich mich. »Ich bin auf dem Land aufgewachsen. Da bringen sie einem nur bei, einen Ehemann zu finden, der für einen sorgt.«

Giselle lacht und schenkt uns Wein aus der neuen Flasche ein. Es ist seltsam, in dieser Herberge zu sitzen und als normaler Mensch behandelt zu werden statt wie eine Ausgeburt dunkler Magie. Die Vampirin scheint das ebenso zu genießen.

»Willst du wissen, wie ich zu diesem Dasein gekommen bin?«, fragt sie mich leise.

Die Frage überrascht mich. Ich weiß kaum etwas über Vampire. Lediglich, dass ein Vampir den Blutfluch an jemanden weitergeben kann, indem er demjenigen sein Blut zum Trinken gibt. Es heißt, die meisten Vampire seien freiwillig zu dem geworden, was sie sind, und haben regelrecht darum gebettelt. Um jemanden gewaltsam zum Vampir zu machen, müsste man ihm Blut einflößen, so wie die Zauberweber es bei mir getan haben.

Ich sehe mich um und nicke vorsichtig.

Giselle nimmt einen Schluck Rotwein, dann lehnt sie sich vor. »Damals war ich mit einer Frau zusammen, die ich sehr geliebt habe. Sie hieß Valérie. Ich wusste von Anfang an, was sie war. Obwohl mein Glaube mich gelehrt hat, ihresgleichen als unheilig anzusehen, konnte ich mich nicht von ihr fernhalten. Sie war gutmütig und sanft, gebildet und witzig. Schließlich wurden wir ein Paar. Sie versprach, meinen Glauben zu respektieren und mich niemals zu einem von ihnen zu machen, auch wenn sie sich gewünscht hat, ewig mit mir zusammen sein zu können. Aber dann bin ich krank geworden. Ein Fieber, das von Tag zu Tag schlimmer wurde. Valérie hat mich angefleht, mich verwandeln zu dürfen. Trotzdem wollte ich lieber sterben, als ein Dasein in Sünde zu führen.«

Ich weiß, wo diese Geschichte hinführt, denn wäre Giselle gestorben, säße sie jetzt nicht als Vampirin vor mir. Das erinnert mich an das, was mir widerfahren ist.

»Sie hat sich nicht an ihr Versprechen gehalten, oder?«, frage ich, obwohl ich die Antwort kenne.

»Nein«, bestätigt sie mit einem traurigen Lächeln. »Sie kam zu mir. Hat behauptet, sie sei bei einem Alchemisten gewesen und habe Medizin für mich. Ein merkwürdig riechendes Gebräu in einem dunklen Fläschchen. Dem Geruch nach zu urteilen, waren Kräuter darin, deshalb habe ich nicht gemerkt, was es wirklich war. Ich habe ihr vertraut und die Medizin getrunken.« Sie schüttelt den Kopf, als ob sie sich noch heute für diese Naivität schämt. »Ich habe sie geliebt. Ich hätte nie für möglich gehalten, dass sie mir das antun würde.«

»Das tut mir schrecklich leid.«

Giselle füllt unsere Gläser erneut, dann prostet sie mir zu. »Auf die Liebe, das Gift, das nicht den Körper, sondern die Seele tötet.«

Ich hebe mein Glas. »Besser hätte ich es nicht ausdrücken können.«

Wir trinken die Flasche aus und genießen den Abend, während wir den Leuten beim Tanzen zusehen und plaudern. Am liebsten würde ich mich unter die Leute mischen und mittanzen, aber ich will nicht auffallen, deshalb lasse ich es sein. Obwohl wir so viel getrunken haben, merke ich davon nichts. Giselle meint, dass Vampire nicht betrunken werden, und aus irgendeinem Grund gilt das auch für mich. Vielleicht saugt die Magie in mir ja den Alkohol auf.

»Ich sollte nach oben gehen«, meine ich einige Zeit später. »Nach so vielen Monaten im Gefängnis muss ich es ausnutzen, auf einer weichen Matratze schlafen zu können.«

Das Bett im Gefängnis war so bequem wie ein Holzbrett. Was vermutlich daran lag, dass es genau das war – ein hartes, schmutziges Brett.

»Ich halte noch ein wenig die Stellung«, antwortet Giselle, bevor sie mich verabschiedet.

Ich bahne mir einen Weg durch den Schankraum und verlasse ihn über die Hintertür, die auf einen ruhigen Flur führt. Dort steige ich die knarzenden Holzstufen nach oben. Der Wirt hat gesagt, die

Zimmer am Ende des Korridors seien unsere, darum gehe ich ganz nach hinten und entscheide mich für den Raum auf der linken Seite. Ich drücke die Türklinke nach unten. Es ist offen, also husche ich in das dunkle Zimmer, das nur spärlich vom Mondlicht erhellt wird.

Ich taste mich vorwärts, befreie mich von meinen Stiefeln und lege den Umhang ab. Nachdem ich mir auch mein Oberteil über den Kopf gezogen habe, gehe ich zum Bett. Als ich mich mit Schwung daraufwerfen will, fällt mir gerade noch rechtzeitig eine Person darin auf.

Mir entfährt ein Schrei.

Thierry liegt ausgestreckt auf dem Bett, ohne Decke und mit nacktem, vor Schweiß glänzendem Oberkörper. Sein Brustkorb hebt und senkt sich ungewöhnlich schnell. Ich kann sein Herz rasen sehen.

»Alienor?«, stöhnt er.

Ich bin wie erstarrt. Obwohl er derjenige ohne Kleidung ist und ich zumindest ein Leinenunterhemd trage, fühle ich mich nackt.

Thierry hebt den Kopf und sieht mich ungläubig an. »Ist das … träume ich?«

Hört sich an, als stünde er vollkommen neben sich. Er lässt sich wieder in sein Kissen sinken.

»Du hast deine Tür nicht abgesperrt!«, werfe ich ihm vor und verschränke die Arme vor der Brust. »Da brauchst du dich nicht wundern, wenn ich hier auftauche. Die Chancen standen eins zu zwei.«

Unfassbar, dass ich hier stehe und auf seinen nackten Oberkörper herabblicke. Die definierten Muskeln sind selbst im fahlen Licht erkennbar. Zauberweber haben nicht nur schöne Gesichter, ihre Körper sehen meistens genauso perfekt aus. Fast hatte ich dieses Bild für immer verdrängt.

»Du bist …« Er stöhnt auf. »Fantasiere ich?«

Ich kneife die Augen zusammen und beobachte ihn. In so einem Zustand habe ich ihn noch nie erlebt. Mir ist nicht klar, warum ich das tue, aber ich komme näher und setze mich auf die Bettkante. Vorsichtig strecke ich die Hand aus und berühre ihn am Unterarm. Seine Haut ist siedend heiß.

»Du glühst«, murmele ich.

»Ein Fieber«, erwidert er matt. »Wenn ein Zauberweber seine Magie zu sehr strapaziert, bricht es aus. Mit ausreichend Schlaf verschwindet es, aber gerade fühlt es sich bescheiden an.«

Deshalb ist er also die ganze Zeit über so bleich und kraftlos gewesen. Ich sehe ihn an. Wenn Sophie oder ich unter einem Fieber gelitten haben, hat Vater unseren Puls mit einem nassen Tuch gekühlt. Davon habe ich gerade keines, darum schließe ich stattdessen meine kalten Finger um Thierrys Handgelenk. Er seufzt dankbar.

Eigentlich sollte es sich gut anfühlen, ihn so schwach und hilflos zu erleben, aber ich bin bloß verwirrt. Obwohl ich ihn leiden sehen wollte, so wie ich gelitten habe, denke ich jetzt nur noch an das, was zwischen uns gewesen ist. Diese Intimität, die ich mit niemandem außer ihm geteilt habe.

»Es ist seltsam, dich so zu sehen«, sagt er. »Wenn du so aussiehst, vergesse ich fast, was du getan hast.«

In meinem Schoß balle ich eine Faust. »Wie schön, dass wenigstens einer von uns sich genau an das erinnert, was geschehen ist.«

Warum bin ich immer noch hier? Wir können uns niemals vergeben, was wir einander angetan haben. Trotzdem sitze ich auf diesem Bett und umfasse sein Handgelenk.

»Kannst du dir vorstellen, wie verletzt ich war?«, frage ich. »Ich habe dir vertraut und du hast mich hintergangen.«

»Ich hatte meine Anweisungen.«

Ja, seine *Anweisungen.* Davon hat er heute schon einmal geredet, und noch immer glaube ich, dass er etwas verschweigt. Vielleicht will er sich auch selbst belügen. Menschen machen sich gern etwas vor, wenn sie sich nicht mit der Wahrheit auseinandersetzen wollen.

»Du bist nicht ein einziges Mal gekommen, um mich zu sehen oder mit mir zu sprechen«, werfe ich ihm vor. »Du hast mich ins Gefängnis gesteckt und bist nie zurückgekehrt.«

Er nimmt einen tiefen Atemzug. »Es ist schwer, in das Gesicht von jemandem zu sehen, den man einmal sehr geliebt hat, in dem Wissen, dass nichts mehr von ihm übrig ist.«

Ein Gesicht, das er nicht länger sehen kann, ohne gleichzeitig das Ungeheuer darin zu erkennen, zu dem man mich gemacht hat. Genau davor habe auch ich Angst. Nicht mehr die Alienor zu sein, die ich einmal gewesen bin.

»Vielleicht ist es immer noch da«, antworte ich finster, »und du weigerst dich bloß, es zu sehen.«

»Wenn ich dich anschaue, sehe ich all den Tod in diesem Kloster. Das Grauen und Gauthiers Magie.« Er schließt die Augen. »Und im nächsten Moment ist da eine junge Frau, die auf einer Lichtung tanzt, mit einem Lächeln auf den Lippen und Feuer in ihren blauen Augen. In solchen Momenten weiß ich nicht mehr, was ich fühlen soll.«

Hätte er dieses Fieber nicht, würde er derlei Dinge gar nicht sagen. Es tut weh, ihn über seine Gefühle für mich sprechen zu hören und zu wissen, dass er nicht länger die Alienor in mir sieht, die er lieben kann. Ist es ihm deshalb so leichtgefallen, mich zu verraten?

Ich beiße mir auf die Unterlippe. Hier zu sitzen und mit ihm zu reden wird den Schmerz nur verschlimmern.

»Du solltest dich schämen«, erwidere ich und lasse ihn los. »Dafür, dass du meine Hoffnung ausgenutzt hast, um mich einzusperren. Und dafür, dass du keinerlei Zweifel an meiner Schuld hast.«

Ich stehe auf, schnappe mir meine Kleidung und verlasse fluchtartig das Zimmer, bevor die dunklen Gefühle in mir die Oberhand gewinnen.

In meinem eigenen Schlafgemach angekommen, schließe ich die Tür und lehne meinen Kopf gegen das raue Holz.

Verdammter Mistkerl.

Ich krieche ins leere Bett und starre an die Decke. Wie erbärmlich, dass ich hier liege und mir wünsche, stattdessen bei ihm zu sein. Mir vorstelle, wie ich neben ihm sitze und er meine Hand ergreift. Wie er mich zu sich herunterzieht und im Fieberrausch küsst, bis ich ebenso an der Wirklichkeit zweifle wie er.

Kann man jemanden so sehr hassen, dass man ihm gern den Hals umdrehen würde, und ihn gleichzeitig so lieben, dass man ihn trotz allem küssen will?

In meinem Körper stecken zwei Personen. Die hoffnungsvolle Tänzerin mit all ihren Träumen und das Schattenmädchen, das keine mehr übrig hat. Aber wer von beiden bin ich wirklich? Kann man je gut sein, wenn man so viel Schlechtes erlebt hat, oder wird man ganz von selbst zu der Person, die andere in einem sehen?

Ich weiß nicht, wie lange ich nach einer Antwort darauf suche, bis ich endlich Schlaf finde.

KAPITEL 13

DU GEHÖRST MIR

Ich stehe in einem Lavendelfeld und sehe auf einen steinernen Gebäudekomplex, der sich mitten im Nirgendwo befindet. Über mir erstrahlt der Himmel ebenso violett wie die Blüten der Pflanzen um mich herum. Ich friere, obwohl ich den Wind, der durch die Sträucher zieht, nicht auf meiner Haut spüre. Stille liegt über diesem Ort. Er könnte idyllisch sein, wäre er nicht mit so vielen schrecklichen Erinnerungen verbunden. Ich erkenne das Kloster sofort wieder, auch wenn ich es nur zweimal von außen gesehen habe. Einmal an dem Tag, als ich hergebracht wurde, und das zweite Mal an jenem Tag, an dem ich geflohen bin.

»Hässliche Dinge können so schön sein, wenn man sie aus einer anderen Perspektive betrachtet, nicht wahr?«

Jemand tritt neben mich.

Diese Stimme ist mir fremd, im Gegensatz zu dem Gesicht, in das ich blicke. Die eigentümliche Kälte fährt mir in sämtliche Knochen.

Jules.

Er sieht genauso aus wie vor drei Jahren. Schulterlanges blondes Haar, das im Nacken mit einem blauen Band zusammengehalten wird. Volle Lippen, helle Augen und ein arroganter Blick. Dunkle Brauen, die nicht zu seiner Haarfarbe passen und verraten, dass sein Aussehen das Ergebnis von Magie ist. Keine Ahnung, wie alt er wirklich ist, aber auf mich wirkte er schon damals jung.

Diesem Mann habe ich vor einiger Zeit eine Nacht geschenkt, bevor er mein Leben in eine Hölle aus Schmerz und Dunkelheit verwandelt hat. Glücklicherweise hat mein Herz bereits einem anderen gehört, sonst hätte er das genauso gebrochen wie den Rest von mir.

»Hast du mich vermisst?«, fragt er.

Nichts von dieser Szenerie ist real, das ist mir bewusst. Ich bin weder beim Kloster noch steht Jules wirklich neben mir, denn er ist tot. Getötet von mir. Zumindest behauptet man das. Sein genaues Schicksal kenne ich nicht, doch nachdem ich zu mir kam, war er der Erste, den ich gefunden habe.

»Du bist tot«, sage ich.

»Bist du sicher?«

Er legt mir seine Hand auf die Schulter. Sie ist eiskalt wie die eines Toten. Irgendetwas an seiner Berührung ist mir vertraut. Es ruft nach mir, zieht an mir wie ein unsichtbarer Faden. Dieses Gefühl kommt mir bekannt vor. Woher kenne ich es bloß?

»Ich habe deine Leiche gesehen.«

»Und? Hat dir das Genugtuung verschafft?«

Seine Worte lassen mich frösteln. Während meiner Zeit im Kloster habe ich Tag für Tag gehofft, Jules würde sein Versprechen halten und mich befreien. Er hat behauptet, er habe nicht gewusst, dass seine Leute jemanden entführen würden. Angeblich hatte er nichts damit zu tun.

Trotzdem unternimmst du nichts gegen diese Ungerechtigkeit, habe ich ihm vorgeworfen. Sein Schweigen gab mir recht.

Weil er sein Versprechen nicht gehalten hat, habe ich angefangen, ihm dasselbe Leid zu wünschen, das ich ertragen musste, damit er versteht, wie ich mich fühle. Ich habe es jedem dieser Zauberweber gewünscht. Ihm jedoch am meisten, denn er war der größte Heuchler von allen. Er wusste, wie falsch all das ist, und hat dennoch mitgemacht.

»Nein. Hat es nicht.«

»Was für eine gute Lügnerin du bist«, erwidert er.

Mein Mundwinkel zuckt. »Ich hatte gute Lehrmeister.«

»Hatten wir die nicht alle?«

Er nimmt die Hand von meiner Schulter und ich richte meinen Blick auf ihn statt auf das Kloster hinter den Lavendelfeldern. Irgendetwas ist anders. Seine Stimme. Sein Verhalten. Seine Ausstrahlung. Und diese Berührung gerade … als würde mich ein Teil von mir selbst berühren. Nein, das ist nicht Jules.

Ich trete einen Schritt zurück.

Gauthier.

Ich habe ihn nie gesehen, nie seine Stimme gehört, und trotzdem weiß ein Teil von mir mit absoluter Gewissheit, dass er derjenige ist, der vor mir steht.

Verflucht, das ist kein gewöhnlicher Traum.

»Dein Gesicht muss wirklich hässlich sein, wenn du glaubst, es hinter dem eines anderen verstecken zu müssen«, sage ich.

Er grinst schief, und dann, als ich blinzle, sieht er plötzlich nicht mehr aus wie Jules, sondern ist das perfekte Ebenbild von Thierry.

»Besser?«, fragt er mich mit rauer Stimme, die genauso klingt wie zuvor.

Sein verschlagener Gesichtsausdruck irritiert mich. Er muss wissen, was ich für Thierry gefühlt habe – was ich immer noch fühle –, sonst würde er nicht sein Gesicht tragen. Anscheinend weiß er sogar von meinem Abenteuer mit Jules. Aber woher? Wir sind uns nie begegnet.

Ich balle die Fäuste. »Von all den Körpern, die du dir hättest aussuchen können, wählst du ausgerechnet die der Zauberweber, die ich am meisten hasse?«, will ich wissen.

Sein Lächeln wird finsterer, verwandelt Thierrys Mimik auf eine Art und Weise, wie ich es noch nie gesehen habe. »Es fasziniert mich, dass du eine Schwäche für Zauberweber hast, obwohl sie dir so viel Leid angetan haben.«

Das findet er wohl witzig.

»Falls du hoffst, bei mir landen zu können, weil du ein Zauberweber bist, muss ich dich enttäuschen. Du bist so gar nicht mein Typ.«

Fluchweber, korrigiere ich mich in Gedanken. Stünde vor mir der echte Thierry, hätte er das für mich übernommen.

Gauthier lacht. »All die Schlagfertigkeit, nur um die Traurigkeit in deinem Herzen zu verstecken.«

»Du könntest mir mit der Traurigkeit in meinem Herzen behilflich sein, indem du deinen Fluch brichst und dich nie wieder blicken lässt. Das würde meine Stimmung heben.«

»Glaube ich gern.«

Ich sehe mich um. Das hier fühlt sich nicht an wie ein beliebiger Traum, sondern realer. Normalerweise gleite ich passiv durch Träume, bin ein Passagier auf einem Boot, das nur eine Richtung kennt. Dieser ist anders. Meine Gedanken sind klar und fokussiert. Genauso wie Gauthier echt erscheint, trotz der falschen Gestalt, in der er sich mir zeigt.

»Was ist das?«, frage ich ihn. »Ein Traum?«

»Hast du geglaubt, meine Kräfte gibt es ohne einen Preis?«

Ich schnaube. »Ohne Preis? Ich habe den Preis dafür doppelt und dreifach bezahlt, obwohl ich diese verfluchten Kräfte nie wollte.«

Gauthier verschränkt die Arme vor der Brust. »Alles, was meine Magie berührt, ist mit mir verbunden. Weniger willensstarke Wesen kann ich sogar kontrollieren. Dich leider nicht.«

»Tut mir wirklich leid«, erwidere ich trocken.

Er grinst. »Zumindest kann ich dich auf besondere Weise kontaktieren. Träume machen Menschen verletzlich. Angreifbar. Sie sind ein Reich voller Sehnsucht und Ängste, wo jeder die Kontrolle verliert. Hier kann ich dich erreichen.«

Mir wird mulmig zumute. Ich hasse es, schutzlos zu sein und mich nicht dagegen wehren zu können, dass Gauthier mich in einen Traum gezogen hat, den er lenken kann. Diese Kulisse hat er genauso wenig zufällig ausgewählt wie sein Gesicht.

»Woher weißt du diese ganzen Dinge über mich?«, frage ich. »Ich bin dir noch nie begegnet.«

Wieder lächelt er auf diese finstere, bösartige Weise, die so gar nicht zu Thierry passen mag. »Denkst du, ich bin einfach für zehn Jahre verschwunden, nachdem meine einfältigen Kollegen mich mit ihrem lausigen Opferzauber aufgehalten haben?« Er schüttelt den Kopf. »Vielleicht haben sie das geglaubt, aber sie lagen falsch. Ich war die ganze Zeit hier. Nicht körperlich, sondern wie ein Schatten, der in jeder Ecke des Landes lauern, lauschen und flüstern kann. Auf diese

Weise habe ich viele Dinge gesehen. Ich habe ihre Experimente beobachtet. Habe dich gesehen. Du hast mein Interesse geweckt, darum habe ich dich im Auge behalten.«

Das klingt fast wie ein Kompliment. »Weil ich dir gefährlich werden kann?«

Er feixt. »Glaubst du, das kannst du, kleine Tänzerin?«

Davon gehe ich tatsächlich aus, sonst hätte er wohl kaum Davide geschickt, um mich zu töten.

Gauthier schnippt mit den Fingern, und plötzlich ertönen Schreie der Verzweiflung. Ich sehe mich hektisch um, entdecke allerdings niemanden. Wir stehen nach wie vor vollkommen allein im Lavendelfeld. Dennoch sind die Schreie laut und präsent, als wäre jemand in der Nähe und leidet Schmerzen.

Ich presse meine Lippen aufeinander. Diese Schreie … ich kenne sie. Ich habe sie an diesem Ort gehört. Sie stammen von denen, die mit mir gelitten haben. Und von mir selbst.

Gauthier lächelt boshaft. »Du kannst gegen mich kämpfen, so viel du willst, aber du gehörst mir. Deine Erinnerungen. Deine Macht. Deine tiefsten, geheimsten Sehnsüchte. Alles, was dich ausmacht. Wir beide sind durch meine Magie verbunden. Sie wird nie dir allein gehören.«

Ich beiße die Zähne zusammen, weil die Schreie lauter werden. Auf meinen Armen breitet sich eine Gänsehaut aus, nicht wegen der Kälte, sondern weil ich diese Klänge nicht ertrage. Gauthier lässt mich dieses Grauen noch einmal durchleben, ruft es aus dem Nichts ab und quält mich damit.

»Kannst du nicht einen der anderen Verfluchten belästigen?«, frage ich wütend.

»Das würde nur halb so viel Spaß machen.«

»Brauchst du etwa eine neue Herausforderung, weil du gelangweilt bist?«

»Zehn Jahre sind eine lange Zeit.«

Er kommt zu mir und legt mir unvermittelt die Hand auf meine Wange. Ich zucke zusammen. Seine Berührung ist kalt und unnatürlich. Trotzdem ist da wieder diese unheimliche Vertrautheit.

»Wir sind verbunden«, sagt Gauthier. »So wie du mit diesen Verfluchten verbunden bist.«

»Allzu eng kann unsere Verbindung ja nicht sein, wenn du es vorziehst, dich hinter diesem Gesicht zu verbergen.«

Er legt den Kopf schief. »Gefällt dir das denn nicht? Ich dachte, du sehnst dich hiernach.«

Dieser verdammte Mistkerl. Er kennt Sehnsüchte, die irgendwo tief unter der Finsternis in meinem Herzen begraben sind. Diese Sehnsüchte gehören nicht ihm. Es sind meine.

Ich schlage seine Hand weg und weiche einen Schritt zurück. »Das Einzige, wonach ich mich sehne, ist dein Tod.«

Er grinst. »So kämpferisch, kleine Schattentänzerin. So viel Mut, der umsonst sein wird.«

»Das werden wir sehen.«

Er scheint sehr sicher zu sein, dass ich machtlos gegen ihn bin. Wenn man eines jedoch unterlassen sollte, dann, die Person zu provozieren, die es sich in den Kopf gesetzt hat, einen zu töten.

»Willst du mich umbringen, wie du die Zauberweber der Gemeinschaft umgebracht hast?«, fragt er.

Dieses Spielchen mag er wirklich gern. Langsam geht er allerdings zu weit.

»Ich weiß nicht, was im Kloster passiert ist, also belästige mich nicht damit.«

Ob er etwas ahnt? Ob er gesehen hat, was geschehen ist?

Gauthier schüttelt den Kopf. »Ich sehe vieles, aber nicht alles.«

Meinen erschrockenen Gesichtsausdruck quittiert er mit einem wissenden Lächeln. Verdammt. Kann er etwa meine Gedanken lesen?

»Ist dir klar, dass deine Erinnerungen an diesen Tag blockiert wurden?«, fragt er.

»Was soll das heißen?«

»Du weißt nichts über diesen Vorfall, weil jemand genau das wollte. Denk ein wenig darüber nach. Wir sehen uns bald wieder.« Er kehrt mir den Rücken zu. »Aber halte dich nicht zu lange mit der Vergangenheit auf, Schattentänzerin. In ein paar Tagen wird die Hauptstadt mir gehören. Dir läuft die Zeit davon.«

Der Lavendel unter meinen Füßen färbt sich blutrot und die Schreie werden noch lauter. Mein Herz beginnt zu rasen und mein Atem geht schneller.

»Aufhören!«

Ich presse mir die Hände auf die Ohren, kann die Stimmen jedoch nicht aussperren. Zu laut, zu schrill, zu viele. Ich will, dass es aufhört, flehe den Himmel an, mich zu befreien. Doch damit hatte ich schon damals keinen Erfolg, also ertrage ich auch dieses Mal wieder, was eigentlich nicht zu ertragen ist.

KAPITEL 14

SCHATTENVERSEUCHT

Stimmen von draußen wecken mich. Gestern Abend habe ich das Fenster geöffnet, was ich jetzt bereue, weil irgendwer da unten hinter der Herberge lautstark mit jemandem diskutiert.

Ich wische mir den Schweiß von der Stirn und starre an die Decke. Ist dieser Traum tatsächlich passiert? Kann Gauthier mich im Schlaf erreichen? Und was hat es mit seiner Behauptung auf sich, meine Erinnerungen wären blockiert worden?

Die Stimmen werden lauter.

Ich strecke mich entnervt, bevor ich aufstehe und aus dem Fenster sehe. Unten stehen sich zwei Männer gegenüber, einer jung, mit dunklen Locken und schwarzer Kleidung, der andere älter, mit Glatze und verdrecktem Hemd. Auf seinen Ärmeln entdecke ich einige Blutspritzer. Der Jüngere redet auf den Älteren ein und fuchtelt mit den Armen in der Gegend herum.

»Lass mich deine Wunde behandeln.«

»Bleib mir vom Leib, Rafael! Ich brauche deine Hilfe nicht.«

»Aber … deine Frau sagte, ich soll …«

»Weg von mir, sonst fängst du dir eine.«

Mir wird übel. Ich spüre die Präsenz von dunkler Magie, was bedeutet, einer der beiden ist schattenverseucht. Verdammter Mist. Erst seit Kurzem, aber es ist nur eine Frage der Zeit, bis Gauthiers Fluch denjenigen übermannt. So jemanden kann ich nicht im Dorf herumspazieren lassen, bis er zu einem Verfluchten wird.

Schnell ziehe ich mir meine Kleidung über und stürme aus dem Zimmer. Als ich die Stufen hinuntersprinte, knarren sie so entsetzlich, dass ich befürchte, die halbe Herberge aufzuwecken. Ich haste durch den Flur, wo ich schließlich die Hintertür aufstoße und nach draußen eile. Unweit vom Ausgang stehen sich die beiden Streithähne gegenüber.

Zu meiner Überraschung lehnt Giselle an der Außenwand und beobachtet das Geschehen wie ein Raubtier, das seine Beute verfolgt. Ihre Augen sind glücklicherweise immer noch braun.

»Was ist hier los?«, frage ich sie.

»Einer ist verletzt und der andere will ihm helfen. Mit mäßigem Erfolg.«

Ich starre sie entgeistert an. »Blutet er etwa? Aber du …«

Sie stöhnt entnervt auf. »Ich gehe nicht auf jeden los, der blutet, Schätzchen. In den letzten Jahrzehnten habe ich mir das abgewöhnt.«

Es fällt mir schwer, diese Worte zu glauben. Besonders, wenn sie von einer Vampirin kommen.

Giselle verdreht die Augen, als sie den Zweifel in meiner Miene sieht. »Es beruhigt dich vielleicht, dass beide kein normales Blut haben.«

Ich nicke grimmig. »Einer von ihnen ist schattenverseucht. Wenn mein Gefühl mich nicht täuscht, ist es der Verletzte.«

»Ah«, sagt sie. »Das erklärt, warum er wie ein Verfluchter riecht. Dachte ich mir doch, dass mir das bekannt vorkommt.«

»Der Fluch lauert bei ihm noch unter der Oberfläche, aber das wird sich bald ändern.«

Einmal davon betroffen, gibt es kein Zurück mehr. Es wird sich verschlimmern, so lange, bis er zu einem Verfluchten geworden ist. Wenn er erst an diesen Punkt gelangt, stellt er eine Gefahr für die Dorfbewohner dar.

»Praktisch, dass du das spüren kannst«, meint Giselle.

»Ja, das dachten auch die Zauberweber, die mich regelmäßig im Kerker besucht haben, um von diesem Geschenk Gebrauch zu machen.«

Die beiden Streitenden sind weiterhin in ihre Diskussion vertieft. Lange kann ich mir das nicht mehr ansehen. Früher oder später wird dieser Mann einem Unschuldigen wehtun, und das muss ich um jeden Preis verhindern.

»Zurück!«, rufe ich dem Jüngeren zu und marschiere ihm entgegen.

Er dreht sich um. »Wer … bist du?« Seine Stimme zittert, während er mich mustert. Der schwache Akzent kommt mir bekannt vor, aber ich kann ihn nicht einordnen.

Die Art, wie er mich mit diesen großen braunen Augen ansieht, verrät mir, dass Thierrys Zauber auch bei mir noch zu wirken scheint. Sonst wäre er schon einige Schritte zurückgewichen und der Schock stünde ihm ins Gesicht geschrieben. Glück gehabt.

»Ich bin Alienor. Und ich will dieses Dorf vor Unheil bewahren.«

»Was?«

»Du gehörst nicht hierher, Kleine«, ruft der andere Mann. »Verschwinde!«

Du gehörst auch nicht mehr hierher.

Der junge Mann – Rafael, wenn ich mich richtig erinnere – wendet sich ihm zu. »Sei vernünftig, Gilbert! Ich … muss deine Wunde heilen, sonst entzündet sie sich. Lass mich … sie ansehen.«

Heilen? Ist er etwa ein Zauberweber?

Ich sehe Rafael von der Seite an. »Woher hat er seine Wunde?«

»Das … wollte er nicht sagen. Er hat sie mir nicht gezeigt.«

So ganz scheine ich ihm nicht geheuer zu sein. Ob er irgendetwas spürt? Giselle meinte, auch sein Blut sei seltsam, aber bei ihm reagiert meine Magie nicht.

»Zeig ihm die Wunde«, weise ich den Älteren an.

»Du hast mir gar nichts zu befehlen!«

»Die Dame hat gesagt, du sollst ihm die Wunde zeigen«, mischt sich Giselle mit drohender Stimme ein.

Sie steht auf einmal neben mir, obwohl ich gar nicht bemerkt habe, dass sie sich bewegt hat.

»Und wenn ich nicht will? Was dann?«

Giselle seufzt, als würde sie seine Sturheit bedauern, und geht auf ihn zu. Im nächsten Moment packt sie gewaltsam seinen Arm. Sie hält ihn so fest, dass seine Verletzung an der Handfläche offenbart wird. Ein tiefer, schlecht verbundener Schnitt, der nur zur Hälfte von der blutigen Bandage verdeckt wird.

»Au«, schreit der Mann. »Wie kann eine Frau so stark …«

»Eine Stichverletzung«, entfährt es mir.

Diese Verletzung sieht nicht aus, als hätte er sie sich aufgrund von mangelnder Geschicklichkeit zugezogen. Sie wirkt eher, als hätte er in eine Klinge gefasst. Diese Art von Wunde fällt mir nicht zum ersten Mal an einem Schattenverseuchten auf.

»Was … hat das zu bedeuten?«, fragt Rafael mich unruhig. Giselles Anwesenheit scheint ihn nervös zu machen, obwohl ihre Augen nichts über ihr wahres Wesen verraten.

Gilbert entreißt ihr seinen Arm, woraufhin sie einen Schritt zurückweicht.

»Du bist in einen Streit geraten, oder?«, frage ich ihn.

»Ich habe mich bei der Arbeit verletzt.«

»Ach ja? Wie das? Bist du Holzfäller und hast dir in die eigene Handfläche gehackt?«

Er verschränkt die Arme vor der Brust. »Ich …«

»Gilbert ist … Schafhirte«, erklärt Rafael.

Ich betrachte den Mann mit schmalen Augen. »Schafhirte, ja? Hat eins der Schafe dich gebissen? Und hatte es statt seinen Zähnen zufällig eine scharfe Klinge im Maul?«

»Nein! Es war ein Unfall.«

Ich schnaube. »Soll ich dir sagen, was das war? Eine Rangelei. Das da sieht nicht nach einer Verletzung aus, die man sich aus Versehen zufügt.«

Ich kenne die Ausflüchte von Schattenverseuchten. Dank der Zauberweber, die mich ständig mit solchen Menschen konfrontiert haben, durfte ich schon einige Lügen mitanhören. Im Großen und Ganzen tischen sie einem immer dieselbe auf. Angeblich sei alles nur ein Irrtum. In Wahrheit reagieren sie zunehmend aggressiver auf andere Menschen, greifen sie unvermittelt an und verstricken sich in körperliche Auseinandersetzungen.

»Was soll das heißen?«, fragt Rafael verwirrt.

»Er trägt den Schattenfluch in sich«, erwidere ich. »Ich denke, ihm ist das bewusst, aber er will es verheimlichen.«

Das wollen sie immer. Weil sie wissen, was passiert, wenn jemand es herausfindet. Es gibt nur einen Weg, um den Fluch aus einer Person herauszubekommen. Man tötet sie.

»Der … Schattenfluch? Woher willst du das wissen?«

»Ich kann es spüren.«

Er sieht mich entgeistert an.

»Lange Geschichte.«

»Das Weib lügt!«, schreit Gilbert.

Ich hebe eine Augenbraue. »Glaubst du, ich habe nichts Besseres zu tun, als in irgendein Dorf zu spazieren und einen Fremden als schattenverseucht zu betiteln? Ich habe mich nur eingemischt, weil ich nicht will, dass jemand verletzt wird!«

»Rafael!«, ruft er verzweifelt. »Sie weiß nicht, wovon sie redet!«

Natürlich. Jetzt bin *ich* die Lügnerin. Zugegeben, ich bin keine Heilige, aber darum geht es hier nicht.

»Du fühlst also keinen ungewöhnlichen Zorn in dir?«, frage ich provokant. »Keine Schmerzen?«

Auch das gehört dazu, wenn die schwarze Magie einen verseucht. Das musste ich bei all meinen Mitgefangenen beobachten, bevor sie sich nicht länger dagegen wehren konnte. Ich kenne die Schmerzen selbst, aber bei mir haben sie irgendwann aufgehört.

»Klar habe ich Schmerzen, ich bin verletzt!«

»Und trotzdem willst du dich nicht behandeln lassen. Warum? Vielleicht aus Angst, dass man die wahre Natur der Verletzung sieht? Oder weil dann herauskommt, dass du jemanden angegriffen hast? Hat derjenige dir diese Wunde zugefügt, als er sich gegen dich verteidigt hat?«

Bei meinen Worten wird er bleich. Es ist immer das Gleiche mit den Schattenverseuchten. Sie wissen, was mit ihnen geschieht, aber sie wollen es entweder nicht wahrhaben oder versuchen es zu verschleiern, um ihrem Schicksal zu entgehen.

»Du weißt gar nichts!«

»Willst du mir sagen, es war anders?«

»Genau das tue ich!«

»Dann würdest du dich einem Wahrheitszauber unterziehen?«

Er weicht einen Schritt zurück. »Was? Bist du etwa eine …«

»Erschaffer bewahre, nein«, erwidere ich. »Aber wie es der Zufall will, könnte ich einen auftreiben.«

Hoffentlich geht es Thierry heute besser als gestern Abend. Ich will diesen Mann nicht angreifen und damit meine eigenen Kräfte in der Öffentlichkeit enthüllen, aber ich kann ihn auch nicht den Dorfbewohnern überlassen.

»Nein, ihr bekommt mich nicht.«

Ohne Vorwarnung läuft er los.

»Gilbert!«, ruft Rafael und nimmt die Verfolgung auf. Die beiden hetzen aus dem Dorf, geradewegs auf den Waldrand zu.

O nein, nicht in diese Richtung.

»Bleibt stehen!«, schreie ich, doch sie rennen weiter. Ich sehe Giselle an. »Wir müssen ihnen hinterher!«

»Schätzchen, ich glaube nicht, dass dein Zauberweber es gutheißen würde, wenn …«

»Er ist nicht *mein* Zauberweber. Und ich sehe dir an, dass es dich interessiert, was es mit dem Kerl auf sich hat, dessen Blut du so komisch findest, also komm.«

Auf Thierry können wir gerade nicht bauen, der ist sicher noch außer Gefecht. Wir müssen das ohne seine Unterstützung regeln.

»Ich hasse es, wenn andere recht haben«, murrt Giselle.

»Betrachte es als göttliche Fügung.«

»Nutzt du etwa meinen Glauben gegen mich?«

Ich zucke mit den Schultern. »Möglich.«

Wir eilen den beiden hinterher, die bereits ein Stück von uns entfernt sind. Unfassbar, dass der schattenverseuchte Mann dumm genug ist, in den Wald zu rennen. Hat ihm niemand gesagt, wie unsicher es dort ist? Besonders jetzt, nachdem der Fluch ausgebrochen ist, sollte man so einen Ort tunlichst meiden.

Erst als die Männer am Rand des Waldes anhalten, holen wir sie ein.

Sofort erkenne ich den Grund für ihre abrupte Pause. Aus dem Unterholz nähern sich zischende Gestalten.

So ein verdammter Mist.

Es sind Verfluchte. Eine von ihnen, die Frau in der Mitte, trägt eine Krone aus Zweigen.

»Nein!«, ruft Gilbert. »Ich bin nicht wie ihr. Seht mich nicht so an!«

Er läuft los, geradewegs auf die Verfluchten zu – oder auf den Wald, der hinter ihnen liegt.

»Gilbert!«

Rafael will ihm folgen, aber sobald er sieht, dass die Verfluchten den Mann unbehelligt in den Wald laufen lassen, hält er inne. Gilbert scheint sie nicht zu interessieren, wahrscheinlich, weil sie die dunkle Magie in ihm wahrnehmen. Doch als sie Rafael bemerken, stoßen sie erneut ein Zischen aus. Während Gilbert in den Tiefen des Waldes verschwindet, weicht Rafael zurück.

»Soll ich ihm hinterher?«, fragt Giselle.

Ich schüttele den Kopf. »Er hat sich gerade selbst enttarnt, also wird er nicht zurückkommen. Wir haben jetzt ein ganz anderes Problem.«

Ein zischendes, besonders hässliches Problem, um genau zu sein. Die Anführerin der Verfluchten richtet ihren Blick auf mich. Sie kneift ihre violetten Augen zusammen, bevor sie ein Schwert zieht, das an ihrem zerfledderten Gürtel hängt, und es auf mich richtet. Ihrer Kehle entweicht ein mir bekannter Laut.

Blutdiebin.

Die anderen stimmen mit ein. Ich starre das Bannzeichen auf meinem Handrücken an und schlage mir frustriert auf den Oberschenkel. Verdammt, das ist schlecht. Ihre Angst von gestern ist Geschichte, weil sie bemerkt hat, dass meine Kräfte keine so drückende Präsenz haben wie zuvor.

»Du undankbare Kreatur!«, rufe ich. »Ich habe dich nicht entkommen lassen, damit du mir heute wieder auflauerst!«

»Vielleicht solltest du manche Lebensentscheidungen gründlicher überdenken«, meint Giselle.

Ich presse meine Lippen aufeinander.

Was habe ich denn auch anderes erwartet? Ehre von einer Verfluchten? Gnade hat die unangenehme Eigenschaft, einem genau dann in den Hintern zu beißen, wenn man es am wenigsten braucht.

Mir bricht der Schweiß aus. Ohne Waffe kann ich mich nicht verteidigen, und ohne Thierry kann ich meine Magie nicht nutzen.

Ich wende mich Giselle zu. »Kannst du kämpfen?«

Wie gerufen, zieht sie einen Dolch aus ihrem Gürtel. »Das wäre dann schon das zweite Mal, dass ich dir und deinem Zauberweber aus der Klemme helfe.«

Es ist sicher zwecklos, ihr erneut klarzumachen, dass er nicht *mein* Zauberweber ist, darum belasse ich es in diesem Fall dabei.

»Dass du meine Rettung bist, musst du erst mal beweisen.«

Bevor Giselle sich in Bewegung setzen kann, murmelt Rafael jedoch einige unverständliche Worte und breitet die Arme aus. Auf einmal steigen zahlreiche Tropfen von Boden, Gräsern und Blättern empor. Die Tautropfen sammeln sich in der Luft. Dann bewegt er seine Lippen, macht eine Handbewegung und vermehrt die Tropfen, bis er sie schließlich zu Wassersäulen anordnet. Kurz darauf verwandelt er sie zu Eis.

Die spitzen Eiszapfen schweben bedrohlich in der Luft. Rafael bewegt seine Hand, woraufhin die kalten Speere nach vorn schnellen. Sie durchbohren drei der Verfluchten auf Brusthöhe.

O verdammt.

KAPITEL 15

WASSER UND EIS

An manchen Tagen geschieht das Best- und das Schlimmstmögliche zur selben Zeit. Das Beste ist, wenn ein Elementflüsterer genau dann auftaucht, während man einer Gruppe Verfluchter machtlos gegenübersteht. Das Schlimmste dagegen ist, wenn das in Anwesenheit eines Vampirs passiert.

Ohne zu zögern, packe ich Giselles Handgelenk, bevor sie nur einen einzigen Schritt machen kann. »Beweg dich bloß nicht!«

»Er ist …«

»Ich weiß, was er ist. Die Eiszapfen lassen wenig Interpretationsspielraum.«

»Sein Blut …«

»Wag es nicht!«, knurre ich.

Wenn es eine Sache gibt, die man unbedingt von Vampiren fernhalten sollte, dann ist es der Hals eines Flüsterers. Ich habe keine Ahnung, was so jemand ausgerechnet hier tut, aber ich weiß, dass sein Blut Vampiren immense Kraft verleiht. Elementarkräfte, um genau zu sein. Einen von ihnen in Saintoux zu treffen ist, als würde man bei einem Spaziergang auf einen versteckten Goldschatz stoßen. Vor Jahren hat es in Pontilliard mal ein echtes Massaker gegeben, weil ein wilder Vampir irgendwie an das Blut eines Feuerflüsterers gelangt ist. Er hat fast ein ganzes Viertel abgebrannt.

»Ich kann mich beherrschen«, verspricht Giselle.

»Würde ich an deiner Stelle auch behaupten.«

Keine Ahnung, wie lange sie schon lebt, aber ich kenne sie noch nicht gut genug, um einschätzen zu können, ob sie Rafael an den Hals springen würde, sobald ich sie loslasse.

»Ihr Blut ist nicht halb so köstlich wie das eines normalen Menschen und nur ein wenig appetitlicher als das eines Zauberwebers.«

»Ich frage lieber nicht, woher du das weißt. Aber um den Geschmack geht es auch nicht. Dieses Blut verleiht dir Macht, und ich kenne keine einzige Person, die das nicht wollen würde.«

Sie schüttelt den Kopf. »Macht interessiert mich tatsächlich nicht. Ich will nur meinen Seelenfrieden. Ohne euch stehen meine Chancen, den zu finden, ziemlich schlecht. Warum sollte ich euch also verärgern? Ich kann mich zusammenreißen.«

»Wieso sollte ich dir glauben?«

Giselle zuckt mit den Achseln. »Ich könnte mich jederzeit von dir losmachen.«

Zur Demonstration zieht sie ihren Arm ruckartig aus meinem Klammergriff. Verdammte Vampirkräfte. Ohne den Bann könnte ich es mit ihr aufnehmen. So kann ich nur dabei zusehen, wie sie mit hoher Geschwindigkeit losprescht, vorbei an Rafael, der die herannahenden Verfluchten gerade mit einer Wasserwelle ausbremst.

»Giselle!«

Im nächsten Moment hat sie sich auf einen Verfluchten gestürzt und ihm das Genick gebrochen. Rafael lässt irritiert den Arm sinken. Er weicht einen Schritt zurück. Dann noch einen. Nur Sekunden später verwandelt er erneut Wasser zu Eis, doch dieses Mal richtet er die Zapfen auf Giselle.

»Nein, nicht!«, schreie ich und laufe zu ihm. »Hör auf.«

Ich stelle mich Rafael mit ausgebreiteten Armen in den Weg. Seine Augen weiten sich bei meinem Anblick. Kurzzeitig verliert er die Kontrolle über seine Kräfte, sodass die Eiszapfen zu Boden fallen, wo sie klirrend zersplittern.

»Was … bist du?«

Er starrt mir direkt ins Gesicht. O nein. Ich sollte jetzt wahrscheinlich so etwas sagen wie: *Ich habe eine seltene Krankheit, die meine Augen manchmal wie die von Verfluchten aussehen lässt.* Das würde mir nur niemand glauben.

»Ich kann das erklären«, sage ich stattdessen. »Sobald die Verfluchten uns nicht mehr an den Kragen wollen, und möglichst ohne dass du meine Freundin dahinten aufspießt.«

»Sie … ist eine Vampirin.«

»Stimmt.«

»Sie wird … mich umbringen und das Dorf zerstören. Ich muss …«

»Wenn sie das gewollt hätte, wärest du noch vor den Verfluchten dran gewesen«, unterbreche ich ihn. »Ich verspreche dir, sie wird nichts dergleichen versuchen.«

So etwas sollte ich absolut nicht versprechen, immerhin könnte sie trotzdem vorhaben, sich nach dem Kampf mit Rafaels Blut zu belohnen, aber mir bleibt keine Wahl.

In seinem Gesicht erkenne ich Zweifel. An seiner Stelle würde ich der Fremden mit den Augen einer Verfluchten auch nicht über den Weg trauen.

»Falls sie … etwas versucht«, sagt er, »werde ich mich verteidigen.«

Ich nicke.

Wenn du kannst, spreche ich nicht laut aus. Hoffentlich ist Giselle so zivilisiert, wie sie behauptet.

»In die Luft«, murmelt Rafael, woraufhin sich wieder Wassertropfen um ihn herum scharen. »Mehren.« Die Tropfen werden so zahlreich, dass jetzt eine Menge Wasser über dem Boden schwebt. »Formen.« Es ordnet sich zu schlanken Säulen an. »Gefrieren.« Die Wassersäulen werden zu tödlichen Eiszapfen. Rafael strafft die Schultern und richtet die kalten Geschosse auf die Verfluchten. »Los.«

Die Eiszapfen schnellen nach vorn und durchbohren die übrigen Gestalten.

Aus diesem Grund nennt man Leute wie Rafael Elementflüsterer. Weil sie Macht über eines der vier Elemente haben. Sie sind mit ihm verbunden und können damit kommunizieren, so wie Rafael mit dem Wasser in Kontakt tritt. Er spricht mit seinem Element wie mit einer Person, als könnte es ihn hören, und dann befolgt es seinen

Willen. Es ist anders als bei Zauberwebern. Während sie Magie aus dem Nichts erschaffen, können Flüsterer nur das manipulieren, was bereits vorhanden ist.

Ich halte die Luft an. Rafael sieht zu Giselle, die sich das Blut eines Verfluchten vom Handrücken abwischt. Er ballt die Fäuste.

»Zu ihren Füßen.« Auf einmal sammelt sich Wasser um Giselles Schuhe. »Gefrieren.«

Bevor sie sich rühren kann, umschließt das Eis ihre Füße. »Was soll das?!«, ruft sie zornig.

»Empor«, fährt Rafael fort.

Das Eis kriecht wie eine Schlingpflanze an Giselles Körper hinauf. Es reicht ihr bis zur Hüfte, sodass es für sie unmöglich wird, sich zu bewegen.

»Du verdammter …«

»Ich will nur sichergehen, dass du dich nicht … auf mich stürzt.«

»Du könntest freundlich zu mir sein, statt mich zu einer Eisskulptur zu machen. Ich habe zwar eine Schwäche für Kunst, aber das geht zu weit.« Sie versucht sich zu befreien, doch es gelingt ihr nicht. »In der Regel tue ich nur Sündern weh.«

Nur den Sündern? Ich verdrehe die Augen. Jeder ist in irgendeiner Art und Weise ein Sünder, da muss sie schon präziser werden.

»Bitte«, mische ich mich ein und sehe Rafael an. »Könnten wir das nicht ohne Drohungen und ohne *das da* klären?« Ich deute hilflos auf das Eis um Giselles Körper.

»Erst will ich wissen, wer ihr seid und … was ihr im Dorf zu suchen habt.«

»Wir sind auf der Durchreise und haben in der Herberge übernachtet«, erkläre ich. »Vorhin habe ich die dunkle Magie in Gilbert wahrgenommen, also wollte ich eingreifen, bevor er Schaden anrichtet.«

Zumindest das hat geklappt. Dieser Gilbert wird nicht mehr ins Dorf zurückkehren, da bin ich ziemlich sicher.

Rafaels Blick ruht auf mir. »Wie ist das möglich?«, will er wissen. »Deine Augen … was bist du?«

»Ich bin diesen Verfluchten leider sehr ähnlich. Wir tragen die dunkle Magie von Gauthier in uns, dem Fluchweber, der den

Schattenfluch erschaffen hat. Allerdings bin ich bei Verstand, während sie … nun ja, *sie* sind.«

Er weicht vor mir zurück. »Die Leute erzählen sich von einem Mädchen mit … seltsamen Kräften, das vor einiger Zeit eine Menge Zauberweber getötet haben soll und dafür im Gefängnis sitzt. Bist … du das?«

Ich lächle mild. »Schuldig.« Er hebt die Hände, bereit für einen neuen Angriff. »Halt! Ich bin nicht ausgebrochen. Man hat mich befreit, damit ich den Schattenfluch beende.«

»Den Fluch … beenden? Wie?«

»Ich erkläre es dir, versprochen. Aber vorher musst du die Vampirin befreien. Ihr dürfte langsam kalt werden.«

»Langsam?«, wiederholt Giselle in schrillem Tonfall. »Das ist wohl ein Scherz!«

»Warum sollte ich … euch vertrauen?«, fragt Rafael.

»Weil wir wie du sind«, antworte ich. »*Unerwünscht.*«

In Saintoux gibt es so wenige Flüsterer, weil sie gejagt und nach Sirvarien ausgeliefert werden, das Kaiserreich im Norden, von dem uns das Jademeer trennt. Flüsterer gelten als gefährlich und unberechenbar. Erwischt man hier einen von ihnen, wird er nach Sirvarien überführt, damit er keinen Schaden anrichten kann. Dort werden sie überwacht und lernen, ihre Kräfte kontrolliert einzusetzen.

»Du bist nicht von hier, oder?«, frage ich.

Ich hätte es sofort bemerken müssen. Sein Akzent verrät ihn.

Er bestätigt meine Vermutung mit einem Kopfschütteln. »Ich … stamme aus Sirvarien. Vor drei Jahren bin ich von dort geflohen, bevor sie mich … dem Ritual unterziehen konnten. Ein Schiffskapitän, der Flüchtlinge mit besonderen Fähigkeiten aus dem Land schafft, hat mich nach Saintoux gebracht. Seitdem bin ich hier. Die Leute im Dorf denken, ich sei … ein Zauberweber, der aus einem Zirkel abgehauen ist.«

Clever. So hat er eine halbwegs glaubhafte Ausrede für seine Kräfte und kann sie sogar für Gutes nutzen, ohne dass die Menschen allzu misstrauisch werden. Aber es ist auch riskant. Viele sind durchaus in der Lage, das eine vom anderen zu unterscheiden.

Mir erschließt sich außerdem nicht, warum man als Flüsterer von Sirvarien ausgerechnet in die Gegend fliehen sollte, in der man als Flüsterer früher getötet wurde. Manche von ihnen haben Naturkatastrophen heraufbeschworen. Schreckliche Stürme. Erdbeben. Verheerende Waldbrände. Fluten. In Sirvarien tötet man sie nicht. Dort sind sie sicher.

»Welches Ritual?«, frage ich ihn.

»Das … Bindungsritual.«

»Bindungsritual?«

Er scheint überrascht, dass ich nichts darüber weiß.

»Damit können sie die Flüsterer kontrollieren«, ruft Giselle. »Der erfrierende Teil von mir wünscht sich gerade, dass man *ihn* auch kontrollieren könnte.«

»Erklär mir das«, sage ich zu Rafael.

Er schluckt. »Vor Jahren haben die Zauberweber ein seltenes Erz in Sirvarien gefunden, das sie verflüssigen und mithilfe von Magie auf unsere Haut … tätowieren können. Sobald wir es tragen, könnte ein Zauberweber uns jederzeit zu seinem Sklaven machen, wenn er einen verzauberten Kristall aus diesem Erz bei sich trägt.«

Ich hebe die Hand und zeige ihm das Bannzeichen darauf. »Ist es wie das hier?« Er mustert es mit zusammengezogenen Brauen. »Es unterdrückt meine Kräfte. Ein Zauberweber hat es mir verpasst.«

Rafael streicht sich eine Haarsträhne aus der Stirn. »Nicht ganz. Unsere Fähigkeiten sind nicht … unterdrückt. Es ist nur eine Warnung, dass sie unseren Körper kontrollieren könnten, wenn sie wollen. Wir könnten in ihren Händen zu Waffen werden. Wir mögen frei sein, aber sind gleichzeitig … ihre Sklaven.«

Das ähnelt meiner Lage, ist aber etwas ganz anderes. Und es ist ungerecht. Während die Zauberweber frei sind, dürfen es die Flüsterer nicht sein. Rafaels Wunsch nach Unabhängigkeit ist mir vertraut. Hätte ich gekonnt, wäre ich genauso geflohen wie er.

»Wir sind, was wir sind«, antworte ich. »Giselle und ich können genauso wenig frei sein wie du. Aber uns beide verbindet ein Ziel. Wir wollen diesem Fluch ein Ende machen.«

Er hebt die Augenbrauen. »Wie das?«

»Ich erzähle dir alles, was du wissen willst. Wenn du meine Freundin vor dem Kältetod bewahrst.«

KAPITEL 16

VERGESSENSZAUBER

Glücklicherweise erklärt Rafael sich bereit, Giselle zu befreien – zwar sehr skeptisch, aber ich will mich nicht beschweren. Giselle dagegen tut das sehr wohl. Sie beschimpft ihn wüst und schmollt, auch nachdem bereits kein Eis mehr zu sehen ist. Während ich Rafael von unserem Plan erzähle, zittert sie vor sich hin.

»Wie gut, dass man als Vampir nicht krank wird«, nörgelt sie.

Wir ignorieren ihre Tiraden. Rafael wirkt von mir ziemlich eingeschüchtert und hadert, wenn er mir Fragen stellt oder auf meine antwortet. Er ist schüchterner, als ich es bei jemandem vermutet hätte, der Verfluchte mit ein paar Worten aufspießen kann.

»Alienor!«

Beim Klang von Thierrys Stimme wirbele ich herum. Seine rote Robe weht im Wind, während er auf uns zukommt. Offenbar geht es ihm besser, denn er sieht wieder wie sein normales, schlecht gelauntes Ich aus. Als wäre der gestrige Abend tatsächlich nur ein Traum gewesen. Als hätte ich nicht seine Hand gehalten und ihn all diese verwirrenden Dinge sagen hören.

»Was ist denn hier passiert?«, fragt er und deutet auf die toten Verfluchten am Waldrand.

Abwechselnd starrt er mich und Giselle an, die mit den Achseln zuckt.

»Du bist … ein Zauberweber«, ruft Rafael schockiert, wobei ich kaum mehr Abscheu in meine Stimme hätte legen können, als er es getan hat.

»Nicht irgendeiner«, korrigiert Giselle. »Der königliche Zauberweber persönlich.«

Ich werfe ihr einen warnenden Blick zu. Sie trägt nicht dazu bei, dass die Wogen sich glätten. Offensichtlich sind Zauberweber und Flüsterer nicht gerade die besten Freunde, und wenn ich Rafaels Reaktion richtig deute, denkt er, Thierry könne ihn jeden Augenblick zurück nach Sirvarien schleifen.

»Komm nicht näher, Zauberweber.«

»Er wird dir nichts tun«, versichere ich. »Er ist ein Freund.«

Giselle lacht. »Ich dachte, er wäre *nicht* dein Freund?«

Ich schnaube. »Dann eben Verbündeter. Jedenfalls wird er ihn in Ruhe lassen.«

Rafael wendet sich mir zu. »Was … habt ihr mit dem königlichen Zauberweber zu schaffen?«

Ich sehe ihn mit einem schiefen Grinsen an. »Die Kurzfassung? Er ist derjenige, der mich ins Gefängnis gebracht und gebannt hat. Ich bin nur frei, weil er meine Hilfe beim Bekämpfen des Fluchs braucht. Falls es dich beruhigt: Er ist momentan nicht in der Lage, dir groß zu schaden. Ein anderer Zauberweber hat seine Magie blockiert.«

»Alienor, was soll das?«, ruft Thierry empört. »Wer ist er?«

Ich lächle diebisch. »Unser neuester Verbündeter.«

»Was?!«, kommt es von allen drei gleichzeitig.

Ihre plötzliche Einigkeit ist wirklich amüsant. Diesen Einfall hatte ich schon vor ein paar Minuten, und ich wusste, dass die anderen ihn verurteilen würden. Ein Gesicht sieht entgeisterter aus als das andere.

»Das ist wohl kaum dein Ernst«, sagt Giselle.

»Es ist mein Ernst.« Ich sehe zu Thierry hinüber. »Rafael ist ein Flüsterer. Ein Wasserflüsterer. Die meisten Verfluchten hat er erledigt.«

»He!«, ruft Rafael.

»Ein Flüsterer?«, wiederholt Thierry. »Das erklärt einiges.«

Jetzt scheint ihm klar zu werden, warum manche Verfluchte einen Eiszapfen im Körper stecken haben oder warum Giselles Hose so durchnässt ist.

»Du wirst ihm nichts tun«, mache ich mit erhobenem Finger deutlich. »Ich möchte, dass er uns beim Kampf gegen Gauthier hilft.«

»Falls es dir entgangen ist: Wir haben eine Vampirin bei uns«, erwidert Thierry.

»Das ist ihr aufgefallen«, antwortet Giselle.

Er wird ungehaltener. »Dieses Risiko werden wir nicht eingehen, Alienor! Warum willst du noch jemanden mitschleppen?«

Eigentlich sollte ich es besser wissen und dieselben Sorgen haben wie die anderen, aber ich muss diese Gelegenheit nutzen.

»Gestern Nacht hatte ich einen Besucher.«

Giselle pfeift durch die Zähne. »Oh, erzähl mir mehr.«

Ihre offensichtliche Neugier lässt mich die Augen verdrehen. »Es war weit weniger angenehm, als du denkst.« Dann konzentriere ich mich auf Thierry, weil der wenigstens nicht grinst, als wäre ich am Vorabend nackt durch die Herberge gelaufen. »Gauthier hat mich in eine seltsame Art Traum gezogen, den er kontrollieren konnte. Darin hat er behauptet, wir seien durch seine Magie verbunden.«

Thierry reibt sich über den Nacken. »Dass das passieren könnte, hatte ich befürchtet …«

Ich sehe ihn entgeistert an. »Du wusstest davon und hast es nicht für nötig gehalten, mich davor zu warnen, dass ein unberechenbarer Fluchweber sich in meine Träume und mein Unterbewusstsein schleichen könnte?«

»Es war nur eine Vermutung. Ich wollte dich nicht damit behelligen.«

Wie umsichtig von ihm. Die Wahrheit wäre mir lieber gewesen.

Ich atme angestrengt aus. »Jedenfalls hat Gauthier sehr deutlich gemacht, dass Beaucourt sein Ziel ist. Also denke ich, dass wir jede Unterstützung brauchen werden, die wir kriegen können.«

Thierrys Augen weiten sich. »Was?«

»Das sollte dich nicht wundern, bei allem, was passiert ist, bevor wir fort sind«, meine ich grimmig.

Schon damals haben Verfluchte die Hauptstadt angegriffen, und ich habe das ungute Gefühl, es könnten noch mehr werden, wenn Gauthier beschließt, dort aufzutauchen. Immerhin kann er diese Kreaturen kontrollieren. Sie sind die perfekte Armee.

»Warum sollte ich euch helfen?«, fragt Rafael. »Sobald ich in die Nähe der Hauptstadt komme, nehmen die Zauberweber mich gefangen und … schleppen mich nach Sirvarien!«

Die Zauberweber in Beaucourt haben bestimmt gerade Wichtigeres zu tun, als einen Flüsterer nach Sirvarien zu bringen, aber ich kann seine Sorge verstehen. Ich war selbst auf der Flucht vor Zauberwebern. Deswegen überrascht es mich jetzt nicht mehr, dass wir ihn in diesem unscheinbaren Dorf getroffen haben. An solchen Orten habe ich mich auch herumgetrieben, um nicht aufzufallen. Wenn ich so erschöpft war, dass ich nicht mehr ohne Essen und ein Dach über dem Kopf auskommen konnte, habe ich mich sogar in leere Häuser geschlichen.

»Wir könnten eine Begnadigung durch die Königin erwirken«, schlägt Thierry vor. »Jemandem, der maßgeblich an der Rettung des Landes beteiligt ist, gewährt sie sicherlich gern Immunität.«

Dafür, dass er eben noch vehement dagegen protestiert hat, Rafael in unsere Gruppe aufzunehmen, ist ihm das ziemlich schnell eingefallen.

»Das geht?«, frage ich ungläubig. »Warum kannst du das nicht für mich aushandeln?«

»Deine Verbrechen an der Zauberwebergemeinschaft von Saintoux sind zu groß, als dass der Rat den Willen der Königin hinnehmen würde. In manchen Dingen ist sogar sie machtlos. Rafael dagegen ist nur ein Flüsterer, der nichts getan hat – soweit wir wissen.«

»Meine angeblichen Verbrechen«, berichtige ich ihn, wobei ich an Gauthiers Worte denke.

Jemand hat deine Erinnerungen blockiert.

Es kam mir immer seltsam vor, dass ich mich nicht an diesen Tag erinnere. Am liebsten würde ich Thierry sofort darauf ansprechen, aber das muss erst mal warten.

»Bedeutet das, ich müsste … meine Kräfte nicht mehr verstecken?«, fragt Rafael. »Ich müsste nicht mehr weglaufen?«

»Ich bin kein Freund von Alienors Idee«, stellt Thierry klar. »Vor allem wegen der Vampirin. Aber wenn du uns hilfst, Gauthier und die Bedrohung durch ihn auszuschalten, werde ich die Königin davon überzeugen, dass sie dich begnadigt. Das bedeutet, du dürftest dich frei in Saintoux bewegen – sofern du deine Kräfte nicht nutzt, um Verbrechen zu begehen.«

Dein Wort bedeutet nicht viel, rutscht mir beinahe heraus, weil ich an all die Versprechen denke, die er mir gegeben, aber nicht gehalten hat. Doch wir brauchen diesen Meister der Eiszapfen, darum schweige ich. Bleibt zu hoffen, dass Thierry seine Versprechen an andere besser hält als jene an mich.

»Was ist mit … ihr?«, fragt Rafael und zeigt mit dem Finger auf Giselle.

Die lacht nur. »Was soll mit mir sein? Ich werde schon nicht dein kostbares Flüstererblut trinken.« Sie zwinkert ihm zu. »Außer natürlich, du bietest es mir an.«

»N-Niemals!«

Mein Blick fällt auf Thierry, der mich eindringlich mustert, als würde er gern wissen, was ich mir hierbei gedacht habe. Langsam frage ich mich das auch. Ich weiß nicht, warum ich glaube, dass unsere Mission gut gehen wird. Vielleicht vernebelt die dunkle Magie meinen Verstand. Doch trotz allem will ich es unserem Feind so schwer wie möglich machen. Falls ich es schaffe, den Wächter zu bezwingen, benötige ich Hilfe, um Gauthier zu töten.

»Wir sollten los«, meine ich. »Der Fluchweber wartet nicht auf uns. Auf dem Weg zur Quelle können wir uns immer noch besser kennenlernen. Wenn irgendwer hier das überhaupt will.«

»Ich muss mich erst aufwärmen«, antwortet Giselle und funkelt Rafael beleidigt an.

Thierry hebt genervt den Arm. Als ein rötliches Licht um seine Hand entsteht, beginnt ihre Kleidung zu trocknen. Sie strahlt bis über beide Ohren.

»Danke, Monsieur Poitiers. Ich würde ja behaupten, dass ich die angenehme Wärme bei Gelegenheit erwidere, aber du bist leider nicht mein Fall.«

Im nächsten Moment sieht sie mich lächelnd an, und ich würde sie gern erwürgen. Bevor ich allerdings dazu komme, gehen wir los. Giselle voraus, Rafael hinter ihr her. Ich lasse mich zu Thierry zurückfallen.

»Du solltest sparsam mit deiner Magie umgehen«, rate ich ihm. »Sonst liegst du kommende Nacht wieder mit Fieber im Bett und redest Unsinn.«

»Zumindest träume ich nicht von Gauthier.«

Ich ziehe einen Schmollmund. »Das habe ich mir nicht ausgesucht.«

Er seufzt. »Ich weiß.«

Wir schweigen eine Weile, bis ich die Gelegenheit ergreife, mit ihm über das zu sprechen, was mich seit heute früh nach dem Aufwachen beschäftigt.

»Gauthier hat etwas zu mir gesagt, bevor er den Traum enden ließ. Er meinte, jemand habe meine Erinnerungen blockiert.«

Thierry bleibt stehen. Ich tue dasselbe und drehe mich zu ihm um, was die anderen nicht bemerken.

»Lass mich mal sehen«, meint er und runzelt die Stirn. Er hält mir die Hand hin. Ich zögere, sie zu ergreifen, aber die quälenden Fragen in meinem Kopf lassen mich den Arm ausstrecken. Dieses Mal zuckt er nicht zurück, sondern schließt die Augen. Kurz darauf öffnet er sie wieder und lässt mich los. »Es stimmt. Jemand hat einen Vergessenszauber angewandt. Ich kann die magische Blockade wahrnehmen.«

Ich schlucke. »Das ist also der Grund, warum ich mich nicht erinnere …«

»Und ich dachte, das sei nur eine Ausrede, um die Wahrheit zu verschleiern.« Er klingt schuldbewusst. »Warum würde jemand so etwas tun?«

Gute Frage. Ein Zauberweber muss das getan haben. Aber wie ist das möglich, wenn ich alle von ihnen getötet haben soll? Da muss noch mehr dahinterstecken.

»Kannst du den Zauber brechen?«

»Nein, nicht im Moment«, antwortet er. »Meine Kräfte reichen nicht aus, um den Vergessenszauber eines fremden Zauberwebers zu neutralisieren.«

»In Ordnung. Sag mir, wenn du so weit bist.«

Ich gehe voraus und schließe die Lücke, die zwischen den anderen und uns entstanden ist. Aus irgendeinem Grund fühle ich mich unwohl in Thierrys Nähe, und zwar nicht auf dieselbe Art und Weise